HEADSHOT
by Rita Bullwinkel

Copyright © Rita Bullwinkel 2024
All rights reserved.

Korean translation edition is published by arrangement with
Rita Bullwinkel c/o The Wylie Agency (UK) Ltd.

Korean Translation Copyright © Minumsa 2025

이 책의 한국어 판 저작권은
The Wylie Agency (UK) Ltd.와 독점 계약한 ㈜민음사에 있습니다.

저작권법에 의해 한국 내에서 보호를 받는 저작물이므로
무단 전재와 무단 복제를 금합니다.

헤드샷

HEADSHOT: A Novel

리티 불링엄 장편 소설
박산호 옮김

민음사

이 모든 걸 지켜본
나의 자매 오드리에게

고대사학자 토머스 F. 스캔론의
『소녀들을 위한 경기』에서 발췌

    그리스 소녀들이 남자들의 체육 축제에 참여하게 된 것은 고전기가 지나고 나서였다. 이에 대한 기록은 드물고 오랜 시간이 흐른 후에야 나왔는데, 그것이 사회적으로 예외적인 일이었기 때문일 것이다. 기원후 1세기 델포이에서 발견된 비문에서 전차 경주나 달리기에 참여한 젊은 여성들의 이름을 찾아볼 수 있지만…… 이 소녀들은 딸들을 위한 경주처럼 다른 소녀들하고만 겨루었을 가능성이 있다.

일러두기

1 본문의 모든 주석은 옮긴이 주다.
2 원문에서 이탤릭체 등으로 강조한 부분은 고딕체로 구분했다.

차례

아르테미스 빅터 vs. 앤디 테일러
15

레이철 도리코 vs. 케이트 헤퍼
77

이지 랭 vs. 이기 랭
133

로즈 뮬러 vs. 타냐 모
175

★★★ 밤
222

★★★ 깊은 밤
224

아르테미스 빅터 vs. 레이철 도리코
231

이기 랭 vs. 로즈 뮬러
253

레이철 도리코 vs. 로즈 뮬러
283

★★★ 신문 기사 스크랩
291

★★★ 미래
293

12회
도러스 오브
아메리카컵

18세 이하 여자
복싱 선수권 결승전

네바다주 리노에 있는
밥의 복싱의 전당에서
20XX년 7월 14일부터
15일까지 개최

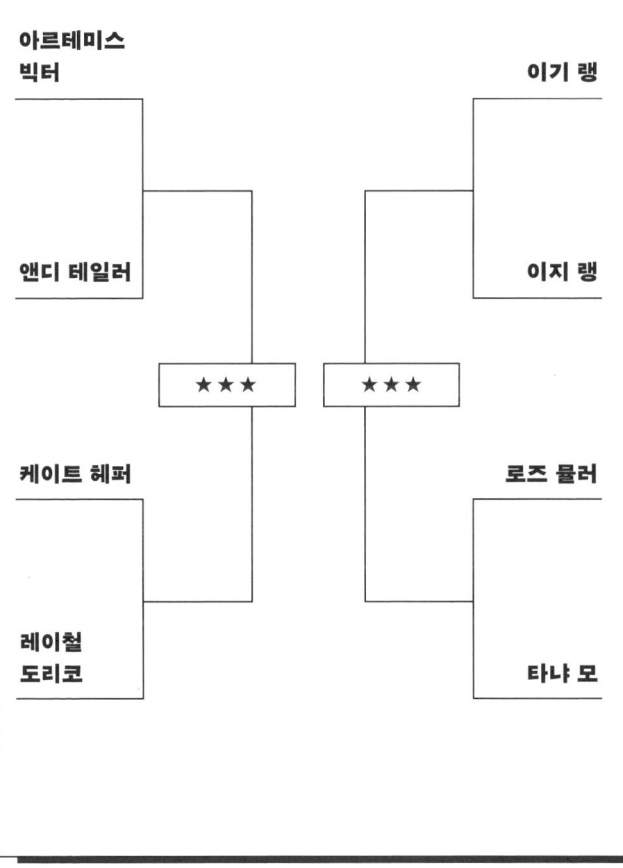

아르테미스 박터

vs.

앤디 레일러

앤디 테일러는 두 주먹을 퍽퍽 쳐서 기세를 끌어올린 후 자신의 납작한 배를 팡팡 쳤다. 집에서 남동생과 같이 앉아 있는 엄마도, 여기까지 가까스로 끌고 온 자신의 차도, 사람들로 미어터지는 커뮤니티 센터 수영장에서 여름 아르바이트로 인명 구조원으로 일했던 것도, 네 살 먹은 아이가 죽어 가는 걸 지켜본 것도, 사실상 자기가 죽인 것이나 다름없는 그 네 살 먹은 남자아이와 그 아이의 파랗게 질린 뺨도 생각하지 않았다. 수영장은 십 대들에게 아이들의 목숨을 구하는 그런 중책은 맡기지 말았어야 했다. 심폐 소생술 수업을 아무리 많이 받았더라도 말이다. 아이는 앤디가 잠시 한눈을 판 사이에 죽었다. 작고 빨간 트럭이 잔뜩 그려진 수영복을 입고 있었던 아이는 마치 플라스틱으로 만들어진 것처럼 보였다. 수영장 바닥에서 그 아이를 끌어냈을 때 만져지던 허벅지의 감촉, 이미 생명이 빠져나간 그 허벅지는 너무 작아서 잡기가 아주 쉬웠다. 하지만 지금 앤디는 그 생각은 하지 않았다. 그는 천창과 그곳을 통해 이 거지 같은 체육관으로 흘러 들어오는 햇살을 보면서 시합할 때 항상 하는 실수를 생각했다. 무의식중에 쓱 흘러내려 얼굴을 제대로 방어하지 못하는 느슨한 왼손 가드 같은 동작에 대해. 앤디는 또한 아르테미스 빅터가 어떻게 공격해 올지도 생각했다. 이 점을 생각해 두지 않으면 이 시합은 순식간에 끝나 버릴 것이다. 앤디는 아르테미스와 거리를 어느 정도 둘지와 자기 복부에 대해 생각해 두어야 했다. 그리고 자세도.

둘은 계속 앉은 채로 서로를 매섭게 노려보고 있다. 서로 아는 사이지만, 시합은 이번이 처음이다. 이 허울 좋은 단체인 여자 청소년 복싱 리그에 들어가면 회비로 200달러를 내야 한다. 그러면 여기서 발행하는 잡지의 '무료' 구독권을 받게 되는데, 거기에 여기 소속된 여자 청소년 복싱 선수들의 프로필이 다 나온다. 그래서 전국 방방곡곡에 사는 그 선수들이 누군지 보고, 자신이 어떤 상대와 맞서 싸울지 감을 잡게 된다. 그리고 그들이 누구와 시합했는지, 누구와 시합할지, 좋아하는 취미가 뭔지도 알게 된다. 대체 어떤 기자가 무슨 이유로 잡지에 그런 영양가 없는 기사를 쓰는지는 신만 아시겠지만, 아무튼 매 호마다 선수 이름, 고향, 좋아하는 색깔, 취미, 승패 전적 그리고 글러브를 낀 선수 사진이 같이 실리기 때문이다. 사진은 예측이 안 되는 게, 어떤 아이들은 운동복을 입고 찍지만, 홀터넥 상의에 머리를 풀고 고개를 살짝 한쪽으로 기울인 채 글러브를 낀 두 손을 엉덩이에 얹고 사진을 찍는 아이들도 있다.

앤디 테일러는 아르테미스 빅터가 어디 있든 알아볼 수 있다. 빅터는 세 자매 중 막내딸인데 셋 다 복서고, 그 집 부모는 시합이란 시합은 한 번도 빼놓지 않고 'Victor(승리자)'라는 글자가 찍힌 셔츠를 입고 찾아오니까. 그렇게 딸의 화려한 전적을 가슴에 대문짝만 하게 공표하고 다니는 건 물론 굉장히 웃긴 짓이지만.

모두 빅터가의 자매를 알고 그들이 어느 시합에서 이겼고 어느 시합에서 졌는지도 안다. 심판들은 아르테미스를 오랜 친구 대하듯 하는데, 상대 선수로서는 열 받는 일이다. 복싱을 하다 보면 판정할 때 애매한 부분이 생기기 마련인데, 나와 싸우는 선수가 심판과 특별한 관계인 걸 알면 어쩔 수 없이 이런 생각이 드는 법이다. 와, 나를 무시하네, 이 판에서 나는 끝났구나, 내게도 우리 코치와 적

극적으로 친해지려고 하는 부모님이 있다면, 내게도 일을 뺄 수 있거나, 일하지 않아서 내 시합을 보러 오는 부모님이 있다면 얼마나 좋을까, 하는 생각.

아르테미스의 엄마와 아빠는 링 옆에 있는 접의자에 앉아 있다. 시합을 보러 온 사람들은 스무 명 남짓으로 심판들, 다른 여자 선수들, 지역 신문사 기자, 여자 청소년 복싱 연합에서 발행하는 잡지 기자, 선수들의 부모들, 할머니, 코치들, 그리고 이 체육관의 주인인 밥이 있다.

밥도 코치지만 대체로 여자는 가르치지 않는다. 특별히 어떤 선수가 이기는 모습을 보고 싶어 하지도 않는다. 그저 그의 체육관이 이 대회를 개최하기에 딱 좋은 위치에 있을 뿐이다. 코치들은 다 남자고, 다 자기 체육관이 있으며, 다 선수들에게 걷은 회비 일부를 여자 청소년 복싱 연합에 낸다. 그러면 연합에서 코치들에게 지역 대회 개최 비용을 지급한다. 코치 중에는 아마추어 복서 출신도 몇

명 있지만, 이 여자 선수들이 겨루는 경기 수준까지 올라온 이는 많지 않다. 선수들을 따라 대회까지 왔지만, 결국은 협회에서 주는 돈을 받으러 온 셈이다. 라운드 간 휴식시간에, 아르테미스와 앤디의 코치는 각자 데려온 선수에게 이런저런 말을 하는데, 그래 봐야 진부하고 아무짝에도 쓸모없는 말뿐이다. 코치들이 소녀들에게 가르친 건 다 한물간 것들이다. 밥의 복싱의 전당 안에서 코치들이 쓰는 언어는 천장에서 시끄러운 소리를 내며 돌아가는 선풍기와 비슷하다. 아르테미스와 앤디는 소음 공해가 덜한 곳에서 싸울 수 있기를 바랄 뿐이다. 글러브가 부딪치는 소리 말고는 다 소음일 뿐이니까.

아르테미스 빅터는 어깨를 천천히 돌리고 있다. 그는 앤디 테일러를 보며 생각한다. 못생긴 계집애. 너보다 예쁜 내가 뭉개 주겠어.

아르테미스는 어딜 가든 항상 다른 여자들의 외모를 평가한다. 여기선 내가 제일 예뻐, 그는 생각한다. 저쪽에 딱 하나, 마약 중독자처럼 생긴 여자를 좋아하는 취향이라면 나보다 예쁘다고 생각할 여자애가 있긴 하지만. 세상에는 마약 중독자처럼 생긴 여자를 좋아하는 남자도 있으니까. 아르테미스 빅터가 자신의 미래를 상상할 때는, 마이애미의 큰 집에 살면서 엄청나게 성공한 모습을 떠올리지 마약 중독자가 된 모습은 떠올리지 않는다. 아르테미스 빅터에겐 '빅터'라는 글씨가 찍힌 셔츠를 입고 있는 테디 베어 인형이 하나 있다.

"우리 딸 최고!" 빅터의 엄마가 소리를 질렀다.

아르테미스 빅터는 항상 자기가 이긴다고 생각한다. 그것은 익혀 두면 나쁘지 않은 습관이다. 스스로를 믿지 못하는 마음을 떨쳐 낼 수 있다면, 그건 매우 강력한 힘을 발휘하는 무기가 될 것이다. 아르테미스 빅터는 큰언니를 끔찍이 싫어한다. 큰언니는 사 년 전 도터스 오브 아메리카컵 챔피언이 됐다. 둘째 언니는 은메달을 따는 데 그쳤다. 아르테미스가 이 시합에서 우승하고 나아가 미국 최고의 10대 여자 복서가 된다고 해도 큰언니인 스타 빅터의 그늘에서는 벗어날 수 없을 것이다. 스타 언니가 그보다 먼저 챔피언이 됐고, 이제는 결혼해서 아이도 하나 있는 데다 부자는 아니더라도 집을 사는 데 착착 가까워지고 있으니까.

아르테미스 빅터는 집을 사기 위해 뭘 해야 하는지는 모르지만, 상대를 이기기 위해 어떻게 해야 하는지는 안다. 집을 갖는다는 건 남들과 싸워 이겨서 땅 한 뙈기를 차지하는 일과 같다고 그는 생각한다. 그렇게 차지한 땅은 누구와도 나누지 않는다. 집을 산다는 건 결국 다른 사람들보다 돈을 많이 벌어서 그들과의 경쟁에서 이긴 결과고, 그렇게 그 땅은 자기 것이 되니까.

★★★

그렇다고 아르테미스 빅터가 바보란 말은 아니다. 은행가가 됐어도 성공했겠지만, 그는 결국 와인 유통업자가 될 것이다. 다만 세상을 판단하는 가치 기준이 좀 편협할 따름이다. 아르테미스는 사람들의 의중을 파악하는 능력이 끝내준다. 상대가 말할 때 속으로 무슨 생각을 하는지 알아채고, 대화를 나눌 때 몸을 어떻게 쓰는지 관찰하며, 그들이 그에게 정말로 관심이 있는지 없는지를 대번에 알아본다. 그리고 어떤 고등학교 선생님을 안타깝게 생각해야 하는지도 안다. 말을 들어 줄 학생을 찾아 눈동자를 열심히 굴리는 선생님들 말이다. 그리고 사람들에게 그들이 하는 말을 정말 관심 있게 듣고 있는 것처럼 응답하는 요령도 안다.

아르테미스 빅터는 또한 채식주의자다. 동물을 불쌍하게 여기는 그의 마음은 진심이다. 여자 청소년 복싱 협회 잡지에 수록된 그의 프로필에 나와 있다. 아르테미스는 동물을 사랑한다. 테마파크에서 학대당하는 돌고래들에 관한 다큐멘터리를 보면 그 돌고래들을 바다로 돌려보내야 한다고 생각한다.

심판이 링 한가운데 서서 두 선수에게 그들도 이미 알고 있고 수백 번은 들어 본 규칙을 읊는다. 둘은 서로에게 고개를 끄덕여 인사하고 스툴에서 일어나 제자리에서 가볍게 점프하기 시작했다. 앤디가 아르테미스보다 훨씬 더 많이 뛰었고, 아르테미스는 침착하게 앞으로 나아갔다. 둘 다 실크 반바지에 스포츠 브라와 탱크톱을 입고 있다. 허리 밴드가 살을 파고든 흔적이 반바지를 벗은 후에도 몇 시간은 남을 것이다.

앤디는 일주일 전에 집에 와서 반바지를 벗었다가 배에 선명하게 파인 여러 개의 붉은 고랑을 물끄러미 바라봤다. 그는 그 파인 자국들을 어루만졌고, 한 시간 뒤 자국들이 사라지자 슬펐다. 그 자국들이 그동안 쏟아부은 노력의 증거처럼 느껴졌으니까. 앤디는 시합에서 이기면 눈에 검은 멍이 하나쯤 들어 있기를 바랐다. 그래서 사람들에게 그가 싸우고 있음을, 그의 육체가 뭔가 힘든 일을 해내고 있음을 보여 주고 싶었다.

앤디의 무릎이 앞으로 너무 나가자 아르테미스가 바짝 다가와서 압박을 가했다. 앤디는 어쩔 수 없이 무릎을 다시 뒤로 밀었다. 이것은 '상대를 재 보는 순간', 즉 선수가 상대에게 약점이 있는지, 있다면 어디인지 파악하는 찰나의 순간이다.

아르테미스에게 약점이 있다면 그가 복싱 명가 출신이라는 사실이다. 언니들의 승리가 그를 짓누르고 있고, 그는 그걸 매 순간 떠올린다. 이 대회에서 그는 큰언니처럼 챔피언이 될 수도 있고 아니면 가문의 수치가 될 수도 있다. 빅터가처럼 가족이 복싱을 이어 가는 경우는 복싱계에서는 드물지만, 전혀 없는 일도 아니다. 청소년 여자 복싱 세계는 빅터가가 정복할 수 있을 정도로 아주 작은 세계다.

★★★

앤디 테일러의 무릎은 아직도 제자리로 돌아오지 않았다. 아르테미스는 윗입술을 코끝까지 한껏 치켜올려 새빨간 마우스피스를 쓴 이를 드러낸다.

★★★

아르테미스의 이두박근은 탄탄한 근육 덩어리다. 보통 사람이 공을 던지는 힘보다, 그가 날리는 주먹의 힘이 훨씬 세다. 그의 목 양옆으로 승모근이 두 개의 작은 언덕처럼 솟아 있다. 아르테미스는 앤디의 움직임에서 빈틈을 간파하고 거기에 주먹을 찔러 넣을 수 있겠다고 생각한다. 앤디 테일러 정도면 마음껏 주무를 수 있을 것이다. 아르테미스가 그런 생각을 하는 순간 앤디가 아르테미스의 왼쪽 갈비뼈를 정통으로 가격한다.

그 강력한 일격에 심판들은 바로 유효타를 선언한다. 경기장에 있는 사람들이 다 들을 수 있게 큰 소리로 점수를 외친다. 이건 결국 점수 싸움이니까. 그래서 선수들이 귀와 볼과 이마를 감싸고 턱 아래를 고정하는 두툼한 헤드기어를 쓰는 것이다. 이건 타격 훈련이다.

앤디는 자신의 오른 주먹과 아르테미스의 왼쪽 갈비뼈 사이에 터널 같은 틈이 생긴 걸 봤다. 그곳은 앤디의 주먹으로 채워 달라고 애원하듯 환하게 빛났다. 앤디는 그 구멍에 손을 넣어 아르테미스의 몸, 그 빈 터널을 채웠고, 심판이 둘 사이에 끼어들 때까지 그 구멍을 채웠다.

심판은 앤디의 손목에 테이프를 감기 전에 글러브 안을 꼼꼼하게 확인했다. 혹시 앤디가 그 안에 납덩이를 숨기진 않았는지 보는 것이다. 이건 협회 규칙으로 시합 전에 항상 하는 검사다.

앤디는 심판들이 자신의 장갑 속을 들여다보는 순간을 사랑한다. 이제 곧 자기가 끼게 될 장갑 속으로 심판들이 손을 집어넣는 모습을 지켜보는 게 좋다. 그들이 시합 때마다 확인한다는 사실에 앤디는 스스로 살인을 저지를 능력이 있는 것처럼 느낀다. 그는 자신의 주먹이 무기가 될 수 있다고 성인이 확인해 주는 이 행위를 사랑한다. 어쩌면 그는 여기에 돌멩이를 넣을 수도 있을 것이다. 어쩌면 그는 시합 중인 상대 선수를 죽일 수 있을지도 모른다. 심판이 그의 글러브 속을 들여다볼 때마다 넌 살인할 능력이 있어, 라고 말하는 것 같다. 그건 앤디에게 아주 기분 좋은 일이다. 앤디가 살면서 만난 사람들 대부분은 그가 의도를 가지고 누군가를 죽이는 건 고사하고, 뭔가를 제대로 할 능력이 있다고도 믿지 않는 것 같다. 어쩌다 한눈을 팔아 어린 소년을 죽게 한 후로, 앤디는 문득 자신이 주먹으로도 사람을 죽일 수 있지 않을까 생각한다.

빨간 트럭 무늬 반바지를 입은 그 꼬마, 앤디가 지금 생각하지 않는 그 꼬마는 심지어 앤디에게 일어난 최악의 일도 아니었고, 처음으로 본 시신도 아니었다. 하지만 그것은 가장 작은 시신이었다. (그는 아빠의 시신도 보았다.) 그 죽은 몸이 너무나 작아 유독 더 끔찍하게 느껴졌다. 그날은 아주 맑고 건조한 날이었다. 앤디는 울지 않았다. 그 빨간 트럭 꼬마가 살아나지 않으리라는 게 분명해졌을 때 앤디는 와르르 토해 버렸다. 그러자 자기도 아주 작은 아이가 된 것처럼 느껴졌다. 앤디는 빨간 트럭 꼬마의 죽은 몸을 보고 자신의 몸이 보인 그 본능적인 거부 반응에 놀랐다. 핫도그처럼 가늘고 짧은 꼬마의 허벅지를 보고 토해 버린 것이다. 앤디가 아르테미스를 다시 쳤다. 이번에는 어깨였다. 아르테미스에게 이렇게 펀치를 퍼부을 시간이 얼마나 남았을까?

★ ★ ★

밥의 복싱의 전당이 도터스 오브 아메리카컵 개최지로 선정된 이유는 지리적으로 대략 미국의 중심부에 있기 때문이었다. 사실 미국의 중심이 어디인지는 모호하지만 말이다. 이곳은 적어도 바다 근처는 아니었고, 또 밥이 18세 이하 여자 복싱 선수 협회장의 동생인 이유도 있었다. 협회는 각 대회 참가자에게 참가비로 100달러씩 받아서 심판들, 심사 위원들에게 보수를 지불하고, 시설 이용료도 내고, 시간을 내 준 협회 직원들에게 수고비를 지급한다.

★★★

앤디는 인명 구조원으로 일해 번 돈으로 참가비를 냈는데, 지금 생각해 보니 그게 피 묻은 돈인 것 같은 생각이 든다.

★★★

도터스 오브 아메리카컵은 전국 대회에 앞서 지역 예선을 거쳤고, 여자 청소년 복싱 협회는 거기서 1000명이 넘는 선수들에게 참가비를 받았다. 즉 그들은 그 대회로 대략 5~6만 달러의 이익을 남겼고, 밥은 다 쓰러져 가는 체육관을 빌려주는 대가로 그중 일부를 챙긴 것이다.

★★★

아르테미스 빅터와 앤디 테일러의 몸을 비교하자면 아르테미스의 몸이 더 굵직하다. 아르테미스의 팔뚝은 근육이 울룩불룩하게 튀어나왔고, 등은 피부밑에 밧줄이 여러 개 엉켜 있는 것처럼 보인다. 손목에서 팔꿈치까지 이어지는 팔의 힘줄이 도드라졌고, 어깨는 널찍한데 특히 끈

없는 드레스를 입으면 더 넓어 보인다. 아르테미스는 시합할 때 항상 화장을 하고 나온다. 속눈썹에는 방수 마스카라를 칠하고, 입술엔 새빨간 립스틱을 칠한다.

앤디는 반대로 키가 크고 호리호리하다. 장거리 선수를 떠올리게 하는 체격이다. 사람들은 항상 그에게 장거리를 달려 보라고 하지만, 앤디는 관심 없다.

아르테미스 빅터의 머리는 포니테일 스타일의 정석 같다. 갈색 머리숱이 어찌나 많은지 머리끈 하나로는 도무지 감당이 안 된다. 시합에 나가지 않을 때는 머리를 옆으로 묶거나 하나로 묶어 정수리에 크게 틀어 올린 스타일을 고수한다. 머리를 위로 올려 묶어도 여전히 어깨에 닿을 정도로 길다. 아르테미스는 머리를 계속 길러서 나중에 암에 걸린 소녀에게 기부할 거라고 늘 말했지만, 가끔 5~6센티미터 정도 다듬기만 할 뿐 절대 자르는 법이 없다.

★★★

아르테미스가 다니는 미용실의 스타일리스트들은 절대 그의 말을 듣지 않는 것처럼 보인다. 너무 많이 자르지 말아요. 내 머리는 길어야 한단 말이에요. 아르테미스는 매번 그렇게 말하는데. 미용실을 나올 때면 항상 자신의 일부를 도둑맞은 기분이 든다.

★★★

앤디 테일러의 머리카락은 너무 가늘어서 하나로 땋아도 그 굵기가 집게손가락만 했다. 머리가 축축하게 젖었을 때는 끈적끈적한 느낌이 들었다. 지독하게 추운 날 외출할 때는 머리카락이 끊어져 버리는 게 아닌가 걱정이 되기도 했다. 전에 한 번 그런 적이 있는데, 고작 몇 가닥이었지만 워낙 머리숱이 적은 그로서는 아주 극적인 사건처럼 느껴졌다. 그렇지 않아도 얼마 없는 머리숱을 다시는 회복할 수 없을 것 같은 느낌이 들었다.

★★★

　두 소녀의 체격에 관한 사실들은 아르테미스나 앤디 그리고 이번 시합에 참여한 선수들 모두 의식하고 있었다. 몸이야말로 이들이 마음껏 쓸 수 있는 유일한 도구니까. 이건 라크로스나 테니스 경기가 아니다. 여기에는 이들이 들고 휘두를 라켓도 없다. 오로지 자기 팔과 다리와 헤드기어를 쓴 머리와 글러브를 낀 손만 가지고 싸워야 한다. 게다가 글러브와 헤드기어는 서로를 죽이지 않게 하기 위한 보호 장치일 뿐, 그들이 연마한 기술을 쓰는 데 필요한 도구도 아니다. 각자 사는 주의 체육관에서 훈련할 때는 그런 역할을 하기도 하지만. 복싱에서 글러브와 헤드기어는 옷과 같다. 이 둘을 착용하고 복싱을 할 수도 있고, 그것들 없이 싸울 수도 있다. 원칙적으로 수영복을 입고도 수영을 할 수 있고 벗고도 할 수 있는 것처럼.

★★★

　앤디 테일러와 아르테미스 빅터는 밥의 복싱의 전당 지붕 밑에서 서로의 몸을 응시하며 어떻게 해야 주먹으로 상대의 얼굴을 칠 수 있을지 계산했다. 이것은 이번 토너

먼트의 첫 매치이자 8강전이었다. 여기서 지면 바로 탈락이다. 도터스 오브 아메리카컵에 예외는 없다.

★★★

앤디는 오른발을 앞으로 뻗고 왼발을 뒤로 끌면서 아르테미스를 향해 전진했다. 우아하지도 않고 효율적이지도 않은 스텝이라 볼품은 없지만 어쨌든 목적지에는 도달했다. 앤디는 단 한 번도 자신의 폼이 망가지는 것을 걱정해 본 적이 없다. 그렇게 균형이 깨진 채 전진할 때 얼마나 많은 문제가 생길 수 있는지도 알지 못했다. 그런 식으로 자신의 오른쪽을 상대에게 활짝 열어 주었다. 마치 게처럼 걷고 있었다. 복싱에서 그런 방식은 어리석고 기괴했다. 아르테미스가 보기에도 그랬다. 아르테미스의 언니 중에 그렇게 싸우는 사람은 아무도 없었다. 앤디의 중심이 어마어마하게 무너져 있었고 아르테미스가 주먹을 날렸다. 아르테미스의 글러브가 앤디의 가슴을 쳤다. 심판이 유효타를 선언했다.

★★★

아르테미스가 날린 타격에서 앤디가 회복하는 모습은 아까 균형을 잃은 채 앞으로 나아갈 때보다 더 기괴했다. 앤디는 그 주먹을 받아들이려는 듯 몸을 그쪽으로 기울였는데, 도저히 말이 안 되는 행동처럼 보였다. 하지만 앤디는 사실 그 펀치가 날아오는 걸 보았고, 미처 전신을 피하지는 못했지만, 뒤로 살짝 물러남으로써 정통으로 맞는 건 피할 수 있었다.

아르테미스의 글러브가 가슴을 쳤을 때 앤디는 그걸 느꼈다기보다 본 것에 가까웠다. 빨간 글러브 천이 자기 눈 밑으로 지나가 어깨를 파고드는 게 보였다. 마치 자신이 붉은 천 위로 날아가는 것 같았다. 앤디는 붉은 바다 위에 떠 있었다. 그는 그 붉은 파도에서 벗어나 다시 아르테미스를 향해 전진하기 시작했다.

★ ★ ★

둘은 인간으로서보다 선수로서의 차이가 훨씬 더 컸다. 아르테미스의 움직임은 세련되면서도 철저하게 계산돼 있었지만, 앤디는 닥치는 대로 주먹을 휘둘렀다. 앤디의 손은 느리면서도 기묘한 방향으로 뻗어 갔다.

복싱 밖의 세상에서는 자포자기로 달려드는 난폭한 시합을 미화하는 경향이 있다. 마치 이기고자 하는 욕망과 치고받는 난투 스타일만으로도 오랜 경험을 이길 수 있고 그렇게 될 거라는 듯이. 하지만 어떤 복싱 코치도 선수에게 좀 더 필사적으로 싸우라고는 가르치지 않는다. 복싱에서는 되는대로 휘두르는 펀치보다 통제와 절제가 더 가치 있다.

앤디는 왜 아버지의 시신보다 빨간 트럭 꼬마의 시신을 봤을 때 훨씬 큰 충격을 받았는지 스스로도 이해할 수 없었다. 어쩌면 그 남자아이의 시신은 한 번도 살아 보지 못한 인생의 증거였기 때문일 수도 있다. 또 어쩌면 자기가 그 아이를 죽였다고 느꼈기 때문일 수도 있다. 앤디가 그 꼬마를 죽였을까? 두 죽음 모두 앤디에겐 엄청난 충격이었다. 앤디의 아버지는 소파에서 텔레비전을 보다가 죽었다. 그는 앤디의 엄마와 이혼하고 아파트에서 혼자 살았다. 앤디가 아버지를 발견했을 때 그곳엔 그와 죽은 아버지만 있었다. 시신과 앤디 단둘뿐이었다. 앤디는 그 장면을 떠올렸다. 자기가 아파트로 들어갔는데, 아버지는 당신이 가장 좋아하던 프로그램의 마지막 시간을 놓쳤다. 그 에피소드가 시작되기 전에 이미 세상을 떠난 것이다.

앤디가 두 번이나 시신을 만졌다는 사실은(아르테미스는 한 번도 없었지만) 둘이 서로의 몸을 치려고 애쓰는 동안에는 아무 의미가 없었다. 둘은 어렸을 때부터 어른 취급을 받으며 자랐고, 그런 경험이야말로 그 어떤 가족사나 (직접 목격한) 비극보다 훨씬 더 강하게 두 사람을 하나로 연결하고 있었다. 여자 복싱은 과거에도 그랬고, 앞으로도 전심전력을 쏟아부을 만큼 존중받는 종목은 아닐 테니까.

아르테미스와 앤디는 훈련받은 대가를 몸으로 치러야 했다. 앤디는 이마와 헤드기어 사이에 고인 땀 때문에 올라온 여드름을 가리려고 파운데이션을 발라야 했다. 앞머리가 전혀 안 어울리는 스타일이지만, 헤드기어의 플라스틱 부분이 피부에 닿아 폭발한 여드름을 감추기 위해 어쩔 수 없이 앞머리를 잘랐다. 한번은 훈련하던 체육관에서 역기 장비를 만진 손으로 얼굴을 만진 게 원인이 되어 여드름에 포도상구균 감염이 생겼다. 박테리아가 곪아서 이마에 완두콩만 한 구멍이 생겼고, 결국 일주일이나 지난 후에 엄마가 병원에 가라고 닦달했다. 의사가 어마어마하게 독한 페니실린 주사를 놓아 줬고, 감염 부위엔 딱지가 생겨서 거의 육 주 동안이나 죽은 벌레 같은 딱지가 이마에 붙어 있었다.

두 사람 다 수도 없이 뼈들이, 주로 손가락 뼈가 부러진 건 말할 필요도 없다. 아르테미스와 앤디 둘 다 주먹이 많이 부러졌지만, 아르테미스가 앤디보다 열몇 번은 더 다쳤다. 지금은 모르고 있지만, 그 반복적인 골절 때문에 아르테미스의 손은 인간으로서의 한계를 넘어 영구 손상을 입었다. 아르테미스가 예순이 되면 찻잔도 들 수 없을 것이다.

★ ★ ★

　남편이 어떤 이유로 오래전 세상을 떠나, 아르테미스는 집에 혼자 남을 것이고, 손이 너무 심하게 망가져서 냉장고 문을 여는 것조차 힘들어질 것이다. 그쯤 되면 복싱 선수로 산다는 것이 아르테미스의 인생에서 어떤 의미였는지 그의 딸을 포함해서 아무도 기억하지 못할 것이다. 그리고 아르테미스의 인생에서 복싱 선수로 살았던 부분 역시 오래전에 지워졌을 것이다. 아르테미스는 도터스 오브 아메리카컵이 끝난 후 네 개의 각각 다른 인생을 살게 되지만 그중 어느 하나도 복싱과는 관련이 없을 것이다. 결국 그의 부상, 그 쥐어지지 않는 주먹은 오랜 전투의 유물이 아니라 서글프고 초라한 장애가 될 뿐이다.

★ ★ ★

　도터스 오브 아메리카컵의 모든 라운드는 이 분이다. 그리고 한 경기당 8라운드로 진행된다. 아르테미스 빅터가 앤디 테일러의 왼쪽 머리를 세게 치는 바람에 이번 라운드는 누가 이겼는지 애매해졌다. 그것은 지금까지 나온 펀치 중 최고였다. 종이 울리고, 심판들이 자리에서 일어나 이번 라운드의 승자는 아르테미스 빅터라고 선언한다. 두 선수는 각자의 코너로 가서 앉는다.

★★★

붉게 달아오른 얼굴로 다리를 벌린 채 스툴에 앉아 있는 아르테미스와 앤디의 머릿속은 풍력 발전기처럼 정신없이 돌아간다. 둘 다 머릿속에서 물이 세차게 흐르는 느낌을 받는다. 둘의 인지 기능은 과열됐다. 몸의 모든 감각이 아주 서서히 감지됐고, 사방에서 들리는 말은 동사뿐이다.

★★★

앤디 테일러의 생각은 신경이라는 양동이를 타고 척추에서 귓불 사이로 올라온다. 그 양동이 안에서 앤디는 죽은 아버지가 텔레비전 보는 모습을 본다. 아버지의 시신은 커다란 텔레비전 화면에서 나오는 푸른빛을 빨아들이고 있다. 마치 아버지가 화면 너머의 진공 상태를 빨아들이고, 푸른빛이 화면에서 흘러나와 아버지의 시신 속으로 방송되는 것처럼 보인다.

★★★

　스툴에 앉아 다음 작전을 생각 중인 아르테미스 빅터의 마음은 흐릿한 분홍색이다. 아르테미스는 지금 충전 중인 배터리 같다. 이렇게 쉬는 동안 그간 쌓아 온 모든 기술과 훈련과 복싱 명문 빅터가에서 물려받은 육체적 장점이 다시 차오른다. 다음 라운드에는 좀 더 기운차고 강력하게 돌아올 것이다. 그리고 이길 때까지 앤디 테일러를 칠 것이다.

★★★

　이번 판에 끝내, 아르테미스 빅터의 코치가 외친다. 한 방 먹여, 앤디 테일러의 코치도 질세라 소리친다. 아르테미스와 앤디 그리고 이 대회에 참가한 소녀 선수들 모두 코치들이 차라리 여기 없으면 좋겠다고 생각한다. 아는 것도 없으면서 사람을 창피하게 만드는 코치들 없이 그냥 상대 선수와 싸울 수 있다면 얼마나 좋을까. 이 코치들은 정말 아무짝에도 쓸모가 없다. 마치 중학교 댄스파티 때 부모님에게 돈을 받고 약에 취한 채 보호자로 따라온 머저리 오빠들 같다.

★★★

링 밖에는 기자 둘과 다른 코치들, 밥과 빅터 부부 그리고 다음 경기에 나갈 선수들이 있다. 다른 선수들은 거대한 창고 같은 체육관 여기저기에 흩어져 있다. 그들은 떨어져 서서 눈도 마주치지 않고 말도 섞지 않는다. 각자 따로 온 목격자들 같다. 모두 팔짱을 끼고 있다. 그들도 오늘 오후에 링에 오를 것이다. 오늘 남은 경기는 네 개다. 다른 선수들도 차차 자신의 첫 라운드가 어떻게 진행될지 걱정할 시점이었다.

★★★

빅터 부부는 딸들에게 자기가 이기는 장면을 시각화하라고 가르친다. 아르테미스 빅터는 오른손으로 도터스 오브 아메리카컵을 높이 들고 있는 자기 모습을 머리에 그려 본다. 그의 왼손은 심판이 치켜들고 있다. 앤디는 어디에도 보이지 않는다. 앤디는 사라졌다. 아르테미스가 마지막 라운드에서 승리했을 때 앤디는 증발해 버렸다. 천창에서 들어온 한 줄기 빛이 아르테미스를 똑바로 비춘다. 아르테미스는 트로피를 품에 안은 모습을 부모님께 보여 준다. 이 상상의 관객 속에는 평소라면 아르테미스의 경기에 절대 오지 않았을 사람들도 있다. 학교에서 같은 남자아이를 두고 경쟁하는 여자아이들, 아르테미스가 한번 자 보고 싶은 남자들, 아르테미스의 시합을 보러 오는 일이 거의 없는 언니들.

그가 이긴다 해도 절대 보러 오지 않을 사람들 앞에서 이기는 아르테미스의 상상은 사실상 그 역시 앤디 테일러처럼 망상에 사로잡혀 있다는 증거다. 그들이 바라는 관객은 절대 그들의 승리를 보러 오지 않을 것이다. 설사 이들이 프로가 되어 라스베이거스의 지하 카지노에서 비키니를 입은 여자들을 상대로 싸운다 해도 복싱이 아닌 바깥 세계에서 만나는 사람들에게는 별 인상을 남기지 못할 것이다. 그들을 알아보는 건 상대 선수뿐이다. 어떻게든 상대를 주먹으로 쳐 보려고 안간힘을 쓰는 상대 선수뿐.

앤디 엄마는 도터스 오브 아메리카컵이 뭔지조차 모른다. 그걸 엄마와 남동생에게 설명하는 건 너무 복잡하다. 두 사람은 앤디가 동네 체육관에서 주로 남자아이들과 복싱하는 건 알고 있지만, 앤디가 실력이 좋다는 건,

100명이 넘는 지역 선수들을 이기고, 한 번도 가 본 적 없는 낯선 주까지 원정을 떠날 정도로 잘한다는 건 모른다. 앤디는 스툴에 앉아 두 번째 라운드가 시작되길 기다리면서 미친 사람처럼 숨을 헐떡거린다. 사람들은 그의 체격에는 지구력이 강한 스포츠가 잘 맞을 거라고 했지만, 그는 한 번도 그런 종목을 잘한 적이 없었다.

누구도 그 몸에 들어가 보지 않고선, 그 몸이 뭘 잘할지 모르는 법이다.

스툴에 앉아 있는 앤디는 엄마가 남동생에게 맥앤치즈를 만들어 주는 모습을 본다. 동생은 여섯 살이다. 앤디와 동생은 아빠가 다르다. 동생은 착한 아이다.

커뮤니티 센터 수영장에는 앤디 또래의 십 대 소년이

같은 인명 구조원으로 일한다. 앤디는 정말 그 소년과 사귀고 싶었다. 앤디는 소년이 밥의 복싱의 전당에 있는 관중 속에 있으면 좋겠다고 생각한다. 지난 라운드에서는 잘 싸웠으니까. 앤디는 소년이 여기 리노의 관중석 끄트머리에 걸터앉아 자기를 지켜보는 상상을 한다. 그는 앤디를 응원한다. 앤디가 아르테미스의 주먹에 맞을 뻔하면 움찔하고, 그에게 계속 움직이면서 주먹을 휘둘러 빅터가의 막내인 아르테미스의 가드에 틈이 생긴 갈비뼈를 치라고 소리를 지른다. 아르테미스의 또 다른 허점을 찾아낼 수만 있다면 앤디는 이번 라운드에 이길 것이다. 앤디는 코너 스툴에 앉아 그와 아르테미스 사이에서 주먹을 찔러 넣을 공간을 찾는다. 앤디가 일어설 때 그는 아르테미스를 칠 구멍을 찾을 수 있을 거라고 확신한다.

바닥에서 높이 올라와 있는 링의 바닥은 지저분한 캐러멜색이다. 아르테미스와 앤디를 둘러싼 로프는 원래 빨간색이었지만 햇빛에 바래 예쁜 분홍색이 됐다. 밥의 복싱의 전당 벽은 양철로 만들어졌다. 천창으로 들어온 빛이 벽에 반사되어 사방이 칙칙하고 뿌연 빛으로 채워졌다.

체육관 구석마다 스피드볼과 샌드백, 근력 강화 운동 기구들이 있다. 한쪽에 있는 유리 진열장 안에는 수십 개의 벨트와 트로피, 컵 들이 있다. 금속으로 만든 것도 몇 개 있지만, 대부분 플라스틱이다. 대형 벨트들은 오래전에 잊힌 무대 의상의 장신구처럼 보이고, 명판 하나 없다. 설사 벨트나 컵에 문구가 새겨져 있어도 조명이 없는 진열장 너머로는 제대로 읽을 수도 없다. 멀리서 보면 트로피 진열장은 쓰레기와 망가진 장난감들을 넣어 둔 상자 같다. 금색 메탈 스프레이를 뿌린 대형 플라스틱 트로피에서 벗겨진 도금 조각들이 바닥에 떨어져 있다. 그 부스러기들은 마치 금색 색종이 조각 같다. 트로피 위에 붙은 인물상은 셔츠 없이 반바지만 입고 복싱 글러브를 낀 15센티미터 크기의 작은 남자인데 몸을 덮은 금색 도장이 거의 다 벗겨진 상태였다. 이제 그는 회색 플라스틱 장난감 병정처럼 보인다. 남자의 머리 한가운데에는 플라스틱 틀이 맞물렸을 때 생겼을 선이 보인다.

아르테미스와 앤디는 링 한가운데로 가서 2라운드를 시작한다. 둘은 주먹을 가볍게 맞부딪친다.

★ ★ ★

앤디는 커뮤니티 센터 수영장에서 같이 일했던, 키스하고 싶었던 그 소년을 떠올린다. 소년은 지금 여기 없고, 한 번도 있었던 적이 없으며, 앞으로도 있을 일이 없을 것이다. 앤디가 햇살이 눈부시게 빛나던 그날, 수영장 바닥에서 그 빨간 트럭 꼬마의 핫도그처럼 가는 다리를 끌어올린 후 격렬하게 토하는 모습을 소년이 보던 것도 생각난다. 그날 앤디는 빨간 원피스 수영복을 입고 있었다. 인명 구조원은 다 빨간 수영복을 입어야 했다. 여자 구조원들의 수영복은 체리색에 가까웠다. 남자들의 수영복 반바지는 싸구려로 구김이 잘 가고, 다섯 장씩 한 묶음으로 팔던 것이고 금방 색이 바랬다.

★ ★ ★

앤디는 그 빨간 트럭 꼬마의 다리를 너무 오랫동안 움켜쥐고 있었다. 그 다리를 놓지 않으면 꼬마가 살 것만 같았다. 응급 구조사들이 앤디에게 왜 심폐 소생술을 하지 않았냐고 물었다. 앤디는 몸속의 물을 빼내려고 꼬마의 배를 누르지도 않았던 것이다.

★★★

　커뮤니티 센터 수영장에서 인명 구조원으로 일하려면 5월의 어느 주말 이틀 동안 하는 수업을 듣기만 하면 된다. 앤디 또래의 강사 열 명이 상반신만 있는 모형, 그러니까 팔도 없는 살색의 반쪽짜리 남자 인형을 수영장 깊은 쪽에 던지고 앤디에게 구하라고 했다. 인명 구조원들은 심지어 인공호흡 연습도 하지 않았다. 그 모형의 입은 플라스틱으로 만든 입술에 일자로 그어진 틈일 뿐 숨을 불어넣을 구멍조차 없었다. 앤디 테일러가 주먹으로 아르테미스를 칠 수 있는 그 허공의 틈은 어디에 있는가?

★★★

　앤디 테일러는 규정상 아르테미스 빅터의 허리 위쪽만 쳐야 한다는 사실을 알고 있다. 1라운드까지만 해도 앤디는 아르테미스에게 별 감정을 느끼지 않았다. 아르테미스는 자기와 싸우는 하나의 몸일 뿐이었다. 하지만 시합이 시작된 지 이 분이 지난 지금, 이 싸움의 절박함이 점점 더 실감 나기 시작했다. 앤디는 이곳에 오기 위해 플로리다 탬파에서 무려 4500킬로미터를 운전해서 왔다. 그리고 여름 내내 일해서 번 피 같은 돈을 여기에 몽땅 쏟아부었다. 엄마는 앤디에게 거의 눈길도 주지 않는다. 그런 앤디가 지금 아르테미스 빅터 앞에 서 있다. 아르테미스 빅터는 그를 봐야 한다. 앤디는 아르테미스 빅터가 자기를 보게 만들 것이다. 다음 순간, 아르테미스를 바라보며 앤디는 그를 증오하기 시작한다.

★★★

앤디는 립글로스를 바르는 게 바보 같다고 생각한다. 그걸 바른 소녀들의 입술은 땀에 젖은 것처럼 번들거린다. 갑자기 앤디는 아르테미스에게 어마어마하게 많은 립글로스가 있을 거라 확신한다. 분명 아르테미스의 가방에는 그 끈적거리는 립글로스가 한 다스는 있을 것이다. 입술에 저런 걸 처바르다니 얼마나 멍청한 짓인가.

★★★

앤디는 틈을 찾아내려고 안간힘을 쓴다. 아르테미스를 가격했을 때 이용한 그 구멍, 하지만 그 구멍은 사라져 보이지 않았다. 아르테미스는 1라운드가 끝난 뒤 자세를 교정해서 이제는 왼쪽 갈비뼈를 조심스럽게 방어하고 있었다. 몸이 마치 요새 같았다. 두 손을 뺨 옆으로 들어 올리고, 어깨를 구부리고, 복부까지 단단하게 조인 아르테미스에게 앤디의 주먹이 닿기란 거의 불가능했다. 아르테미스는 등교 전과 방과 후에 시간을 내서 하루에 두 시간 삼십 분씩 연습했다. 항상 거울 앞에서 풋워크와 자세 교정을 끝없이 반복했다. 지금 키의 반절밖에 안 되던 아이 때부터 그렇게 연습했다. 아르테미스는 언니들이 거울로 자신이 운동하는 모습을 보는 걸 지켜보며 컸다. 언니들이 상체와 골반 사이의 정렬을 바로잡고 한쪽으로 체중을 실어 주먹을 날린 후 몸의 균형을 다시 회복하는 식으로 자신의 자세를 미세하게 계속 교정해 가는 모습을 지켜봤다. 아르테미스와 언니들은 나이 차가 다섯 살씩 났다. 그들은 점점 커지는 러시아 인형처럼 한 사람이 다른 사람 안에 쏙 들어갈 수 있을 것 같았다.

아르테미스는 앤디를 혐오했다. 대체 어느 촌구석에서 왔는지도 모를 이 초라한 여드름쟁이. 그와 친구가 될 수 있을지 앤디를 이기고 난 후에 생각해 보기로 했다. 아르테미스는 여자 복싱 선수들과 친구로 지내길 좋아했는데 특히 자기에게 진 선수들을 좋아했다. 그들은 모두 그가 얼마나 강한 선수인지, 그의 가문이 어떤 승리의 역사를 보유하고 있는지 알고 있기 때문이다. 아르테미스는 어쨌든 왕관을 쓴 빅터, 즉 승자니까. 그가 앤디 테일러의 귀를 주먹으로 강타할 수만 있다면 바로 그렇게 될 테니까.

그 순간 아르테미스의 글러브가 정확히 앤디 테일러의 눈썹 사이에 꽂혔다. 앤디의 코에서 피가 흘렀고, 코뼈가 마치 콘플레이크처럼 바사삭 부서진 느낌이 들었다. 앤디는 얼간이처럼 팔을 마구잡이로 휘둘러 댔고, 아르테미스는 앤디가 사정없이 펀치를 퍼붓는 그 공간에서 아주 쉽고 우아하게 비켜섰다. 앤디는 술 취한 사람처럼 보였다. 앤디는 사람들이 북적거리는 커뮤니티 센터 수영장에서 방심하다 그 빨간 트렁 수영복을 입은 아이를 죽게 했다. 아이가 죽어 가던 순간 아이 엄마는 어디에 있었을까? 핫도그같이 가는 아이의 다리가 생과 사를 가르는 다리를 건너고 있을 때 베이비시터는 대체 어디에 있었을까?

★ ★ ★

　복싱용 마우스피스가 치아를 감싸고 있는 상태에서는 말을 하는 것이 불가능하다. 말을 하려면 마우스피스를 뱉어야 하지만, 그건 규정으로 금지돼 있다. 마우스피스를 뱉는 순간 경기는 중단되고, 뱉은 선수는 바로 실격 처리된다. 하지만 아르테미스와 앤디는 서로에게 말하고 있다고 상상한다. 상대가 무슨 말을 할지 상상하고, 그에 대한 대답을 머릿속에서 만들어 낸다. 그래서 앤디와 아르테미스의 머리 위에는 동시에 두 개의 다른 대화가 둥둥 떠 있다. 하나는 앤디가 상상하는 앤디와 아르테미스의 대화고, 다른 하나는 아르테미스가 상상하는 아르테미스와 앤디의 대화다. 두 개의 상상 속 대화는 각자의 머리 위에서 마치 비디오 게임의 배경 자막처럼 흐른다.

★ ★ ★

　몇십 년이 지난 미래에 앤디 테일러는 그 상상의 대화뿐만 아니라 아르테미스 빅터라는 존재 자체도 기억하지 못할 것이다. 하지만 그 대회는 기억할 것이다. 거기에 가기 위해 차에서 자면서 나흘 동안 쉬지 않고 운전했던 일, 낡고 먼지투성이인 체육관에서 시합했던 일, 그리고 링 옆에 심사 위원들이 앉아서 앤디와 상대 선수가 주먹을 주고받는 모습을 지켜보던 모습도 기억할 것이다. 그들은 움직이지 않는 유령처럼 소리 없이 앉아 있었다. 심판은 셋이었는데 모두 중년 남자였고 흰색 옷을 입고 있었다. 그들이 신었던 하얀 운동화까지 앤디의 머릿속을 떠나지 않았다. 머리가 벗어지고 하얀 바지 위로 배가 툭 튀어나온 모습이었다. 앤디는 자신의 경기가 끝난 그날 오후 심판들이 다른 소녀 선수들의 경기 모습을 지켜보는 걸 봤다. 그 남자 심판들은 역겨웠다.

앤디는 또 자신의 펀치가 상대 선수의 틈을 파고들어 그의 갈비뼈를 쳤던 건 기억하지만, 그 갈비뼈의 주인이 누구였는지는 기억하지 못할 것이다. 아르테미스에 대한 기억은 앤디의 머릿속에서 사라져 버릴 것이다. 앤디는 아르테미스의 얼굴이나 이름, 아르테미스가 복싱 신동들을 배출한 가문 출신이라는 사실도 기억하지 못할 것이다. 그리고 앤디가 여성 청소년 복싱 협회에서 발간한 잡지에 나온 아르테미스의 언니들의 특집 기사를 여러 개 읽었고, 심지어는 민망하게도 빅터가의 장녀인 스타의 사진을 자신의 침대 위 벽에 붙여 놨었던 사실도 기억하지 못할 것이다. 그때는 몰랐다. 언젠가 그 언니를 빼닮은 동생과 링에 같이 서게 되리라는 사실을. 그 사진을 벽에 붙일 때 앤디는 자기가 결국 빅터가의 자매들을 증오하게 될 것이고, 빅터가의 막내인 아르테미스와 상상의 대화를 나눈 것 자체를 나중에 모조리 잊게 되리라는 걸 몰랐다.

그렇게 수십 년이 흐른 후 복싱은 앤디 테일러에게 끝내 자기 정체성의 표지는 될 수 없었던 무언가로 남을 것이다. 한때 자신에게 맞는 옷인 줄 알고 입고 돌아다녔지만 아니었음을, 복싱이 자기 인생에 맞지 않음을, 복서로 사는 건 이 세상에서 살아남기에 적합한 방식이 아니라는 걸 앤디는 나중에 깨닫게 된다.

그렇다고 앤디 테일러가 어느 황량한 길가에서 노숙자가 되어 물을 구걸하는 신세가 됐다는 말은 아니다. 그는 약사가 된다. 바로 대학에 진학하진 않지만, 나중에 지역 전문 대학에 가고, 자신은 그저 아무도 자기를 압박하거나 죽겠다고 협박하지 않는 인생을 살고 싶었을 뿐임을 깨닫는다. 그는 어머니의 시신을 발견하는 자식이 되기를 거부한다. 아버지가 다른 남동생도 그때쯤이면 시신을 대면할 수 있을 정도로 자랐을 테니까. 앤디는 그저 자기가 살 아파트를 사기에 충분한 돈을 벌고 싶었는데, 그게 이 나라에서는 결코 작은 성취가 아니다. 그렇게 앤디는 중등

교육이라는 사다리를 하나씩 올라 마침내 약사가 되는 교육 과정에 다다를 것이고. 거기서 잠시 멈춰서 생각할 것이다. 이런 삶은 나도 살아갈 수 있어. 창문이 없는 방에서 일하는 건 상관없어. 나에겐 약국의 밝은 형광등 불빛과 흰 가운을 입는 인생이 어울려. 난 이 일을 할 수 있고 아주 잘할 수 있어. 난 원래 꼼꼼한 사람이니까.

앤디 테일러는 사실 항상 세세한 면까지 챙기지만, 그런 성향은 종이에 적힌 것에만 국한되었다. 자기 몸은 그렇게 세세하게 다듬지 못한다. 앤디는 타인의 시선으로 자신을 보는 것이 익숙하지 않다. 옷도 잘 못 골라서, 한물간 로우 컷 플레어 청바지[1]를 입고 다닌다. 아직도 앞머리를 기르고 다니지만, 여전히 어색하다. 앤디 테일러는 아르테미스 빅터처럼 거울을 자주 보지 않는다. 도터스 오브 아메리카컵에서 아르테미스와 시합했을 때도 그랬고, 수십 년이 지난 지금도 거울을 보면서 거울에 비친 외모를 원하는 모습으로 고치는 게 서툴다.

---

1) 골반에 걸쳐 입고 무릎 아래부터 점점 퍼지는 형태로 2000년대 초반 유행했던 스타일이다.

★ ★ ★

빅터 자매들의 훈련에서 거울 보기는 필수적이었다. 아르테미스 빅터가 열여섯이 되던 해부터 아버지는 거울 앞에서 스피드 볼 훈련을 시켰다. 처음에 아르테미스는 거울에 비친 자기 모습을 정면으로 응시했다. 그리고 자신의 움직임과 거울에 보이는 움직임을 빠르게 번갈아 보며 훈련했다. 그런 식으로 자신을 집중적으로 관찰한 덕분에 아르테미스는 허리를 똑바로 세우고 전보다 더 바른 자세로 걷게 됐다. 그러자 폼이 경이로울 정도로 좋아졌다. 아르테미스는 어깨의 각도를 미세하게 조정할 수 있게 되었다. 정확한 자세를 취했을 때의 느낌과 자세가 흐트러졌을 때의 느낌도 안다. 그래서 지금 밤의 복싱의 전당에 있는 링 위에서 아르테미스 빅터는 거울 없이도 자기 몸을 위, 아래, 뒤와 같이 모든 방향에서 볼 수 있다. 아르테미스 빅터의 몸은 정교하게 조율된 악기다. 이 순간 그는 세상 그 무엇보다 자기 몸을 완벽하게 통제하고 있다. 아르테미스의 근육은 기계처럼 작동한다. 이 기계는 곧 앤디 테일러를 향해 폭발할 것이다. 앤디를 끝낼 것이다.

★ ★ ★

앤디는 두려움에 차서 아르테미스를 본다. 아르테미스가 몸을 움직이는 방식이 뭔가 달라졌음을 볼 수 있었다. 코피가 뚝뚝 떨어져 입속으로 흘러 들어왔다. 피가 윗입술에 들러붙었다. 코밑, 인중 한가운데 오목하게 들어간 바로 그 자리에. 이번 라운드가 끝나면 출혈을 막기 위해 사실상 에피펜[2]에 들어가는 것과 같은 합성 아드레날린을 흠뻑 적신 솜뭉치를 콧구멍에 틀어막아야 할 것이다.

★ ★ ★

빨간 트럭 꼬마를 발견했을 때 아이의 몸이 왜 그렇게 새파랗게 질려 있었는지 앤디는 알 수 없었다. 앤디는 아이들이 수영장 깊은 쪽으로 다이빙해서 고리를 주워 오는 게임을 떠올린다. 규칙은 대개 이렇다. 리더가 된 아이가 다이빙 고리 여러 개를 쥐고 있다. 물속에 던지면 가라앉는 고리들의 색깔은 다양하다. 가끔 숫자가 적혀 있는 고리도 있다. 고리는 보통 대여섯 개로 양쪽 끝에 3센티미터 정도의

---

[2] 급성 알레르기 반응을 치료하기 위해 사용하는 휴대용 응급 주사기.

하얀 연결 부위가 있어 시작과 끝이 어딘지 알 수 있다. 리더는 수영장 가장자리에 물을 등지고 서서 다이빙 고리들을 한 손에 쥐고, 열을 센 후 머리 위로 물속을 향해 고리를 던진다. 그러면 다른 아이들이 고리들을 쫓아 물속으로 뛰어든다. 가장 많은 고리를 건져 올린 아이가 이긴다.

아르테미스 빅터는 승리를 확신한다. 아르테미스가 앤디의 코를 다시 가격한 후 그 라운드가 끝난다.

다음 라운드가 시작되자 두 선수는 원을 그리며 서로를 견제한다.

앤디가 유일하게 성과를 낼 수 있었던 건 어깨를 세운 묘한 자세 덕분으로, 그 기이함이 아르테미스에게 낯설었기 때문이다. 하지만 그 기묘한 자세는 앤디에게 버팀

목이 된 동시에 몸 전체를 아르테미스의 공격에 노출하는 나쁜 자세기도 했다. 균형이 깨지고 중심이 틀어진 자세 때문에 앤디는 왼쪽 몸 전체를 자주 무방비로 노출하게 된다.

★★★

도터스 오브 아메리카컵에서는 한 경기가 여덟 라운드로 진행되기 때문에 무승부가 날 가능성이 있다. 짝수라는 숫자가 그렇다. 그리고 이 경기에도 테니스처럼 돌이킬 수 없는 지점이 존재한다. 만약 아르테미스가 다섯 라운드를 연속해서 이기면, 상대가 역전할 가능성은 없다.

★★★

심판들은 타격 부위에 따라 점수를 다르게 매긴다. 어깨, 복부, 갈비뼈, 팔, 귀, 그리고 얼굴 정면은 모두 상대 선수가 글러브를 끼지 않은 맨주먹에 맞았을 때 입을 치명적인 손상 평가 기준에 따라 점수가 매겨진다. 귀를 예로 들어 보자. 귀는 소리를 듣는 데만 필요한 게 아니라 신체의 균형을 잡는 데도 필수적이다. 고막이 손상되면 끔찍한 구역질에 시달리게 되고, 당신의 몸이 땅 위에 있는지, 바다에 있는지, 아니면 발목이 밧줄에 묶인 채 거꾸로 매달려 있는지도 구분하지 못하게 된다. 도터스 오브 아메리카컵에서는 귀를 명중시킨 타격이 최고점을 받는다. 맨주먹으로 보호 장비를 착용하지 않은 귀를 때리는 건, 누군가를 가장 빠르게 죽이는 방법이기 때문이다. 물론 상대의 목을 정면에서 세게 쳐서 부러뜨리는 방법도 있다.

아르테미스의 주먹이 앤디 테일러의 귀에 두 번 명중하고 이 분이 지난 후 3라운드가 끝났다. 초반에 아르테미스의 갈비뼈 사이를 파고들던 앤디의 타격은 몇 분이 지난 지금은 아무 의미도 없다. 그때 퍼부은 펀치들도 아무 소용 없다. 앤디는 결국 그 3라운드에서 졌으니까. 콘플레이크처럼 부서진 앤디의 코끝에서는 피가 천천히 흘러내렸다. 아르테미스의 글러브에 맞은 머리는 텅 비어 버린 듯 보인다. 앤디는 이 경기에서 지고 싶지 않다. 자신의 대진표에 있는 또 다른 선수와 붙고 싶다. 앤디는 시합을 더 하고 싶다. 또 한 번의 경기가 필요하다. 그래야 남동생과 엄마가 자신을 조금이라도 더 오래 바라봐 주는 상상을 할 수 있으니까. 앤디에겐 상상 속 그들의 칭찬이 필요하다. 그런 상상 속 장면들을 계속 보고 싶다.

★★★

이 경기의 승부와 상관없이 앤디는 오늘 밤 자신의 차 안에서 잘 것이다. 소녀 선수들 대부분은 수영장이 있고 아침 식사로 토스트와 잼과 커피와 주스가 나오는 모텔에 묵고 있지만, 앤디는 여름 내내 번 피 같은 돈을 리노까지 오는 기름값과 시합 참가비를 내는 데 다 써 버렸다. 오늘 밤 차 안에 홀로 앉아 있을 앤디는 핫도그처럼 가느다란 허벅지나 텔레비전 화면의 푸른 불빛이 아버지의 시신을 비추던 모습, 마치 그 푸른빛이 아버지를 껴안고 있는 것처럼, 혹은 아버지의 땀구멍을 통해 몸속에서 새어 나오는 것처럼 보였던 모습은 생각하지 않을 것이다. 그 푸른빛은 물속처럼 불투명하고 금속처럼 차갑게 느껴졌다. 앤디는 아버지를 사랑했다기보다 아버지가 필요했다. 자신이 상상 속 사람이 아니라 실제로 살아 숨 쉬는 사람이며, 특별하진 않아도 괜찮은 사람이라고 말해 줄 누군가가 필요했다.

★ ★ ★

　시간이 지나면 이 시합에 대한 앤디의 기억은 점점 흐릿해져서 주변부로 밀려나겠지만, 빨간 트럭 수영복을 입은 꼬마만은 평생 잊지 못할 것이다. 앤디는 자기가 그 꼬마를 죽인 게 아닐까 하는 의심에서 절대 벗어나지 못할 것이다. 그 후 수영장에 갈 때마다 수영장 바닥에 가라앉은 그 아이의 모습을 보게 될 것이다. 그래서 인명 구조원을 그만두고, 그해가 가기 전에 함께 근무하던 소년과 사귀고 싶다는 바람조차 품지 않게 될 것이다. 왜냐하면 소년도 현장에 있었으니까. 앤디가 먹었던 음식과 물과 아이가 물에 빠져 죽기 직전에 앤디가 간식으로 먹었던 사과를 그대로 토해 내는 모습을 봤으니까. 토사물 속에서 반짝이던 빨간 사과 조각들은 마치 붉은 플라스틱 조각 같았다. 앤디는 사과를 먹으면서 수영장 반대편에 있는 간이매점 지붕 너머를 바라보았다. 앤디는 그때 구조탑 위에 앉아 있었다. 거기로 올라가려면 수영장을 등지고 사다리를 올라가야 했다. 거기에 양동이 모양의 흰 플라스틱 의자가 하나 있었다. 앤디는 무릎 위에 빨간 구조용 튜브를 올려놨다가 어깨 뒤에 받치기도 했다. 물에 빠진 사람이 있으면 잡을 수 있게 그 튜브를 던져야 했다. 누군가, 그 아이의 엄마는 아니었던 어떤 다른 엄마가 소리를 질렀다. 사람이 빠졌어요! 그 순간 앤디는 물속에 뛰어들었다가 수면 위로 떠올랐고, 그의 손에는 구토가 나올 것처럼 푸르고, 핫도그처럼 가는 아이의 시신이 잡혀 있었다.

 이 시합의 의미를 분명히 말하자면, 오늘 지면 앤디는 대회에서 탈락하는 것뿐 아니라, 더 이상 복싱 시합에 참가하지 않을 것이다. 오늘 지는 순간 다른 여자를 주먹으로 치는 일은 끝나고 그의 인생에서 완전히 닫혀 버린 한 페이지가 될 것이다. 한때 있었지만 지나가 버렸고, 경험했고, 돌아갈 수 없는 과거가 되어 버리는 것이다.

 앤디 테일러와 아르테미스 빅터가 마주 보고 서 있다. 앤디는 작게 원을 그리듯 두 주먹을 굴리기 시작한다. 마치 물의 온도를 확인하는 것처럼 원을 그리는 도중 허공을 몇 차례 친다. 아르테미스에게 주먹을 날리고는 있지만, 아직 전력으로 치는 게 아니라 어디를 쳤을 때 아르테미스가 쓰러질 수 있는지를 보려고 다양한 부위를 조심스럽게 때려 보는 것이다. 이는 원투라고 하는 기술로, 전진하는 선수가 첫 펀치를 날려서 상대를 한 방향으로 유도한 뒤, 그 움직이는 방향을 따라가 두 번째 진짜 타격을 날리는 기술이다. 만약 이 원투를 상대 턱 밑에 제대로 꽂아 넣으면 상대를 죽일 수도 있다. 그래서 소녀 선수들은 가자미처럼 턱을 안으로 바짝 당겨서 밑으로 기울이고 있다. 앤디와 아르테미스는 서로에게 맞아도 안전한 턱의 평평한 면만을 드러내고 싶어 한다.

 주먹을 빙빙 돌리면서 아르테미스의 반응을 떠보던 중, 앤디는 아르테미스의 오른쪽 어깨를 치면 몸 전체가 왼쪽 아래로 살짝 기우는 걸 눈치챈다. 주먹을 피하기에 나쁜 반응은 아니지만, 아르테미스의 몸이 왼쪽으로 쏠리는 타이밍에 아르테미스의 머리 왼쪽을 가격할 수 있다면 한 대, 아니 두 대, 어쩌면 세 대까지도 연타로 칠 수 있을 것이다. 앤디는 그렇게 왼손으로 아르테미스의 오른쪽 어깨를 후려치고 오른손으로 아르테미스의 머리 왼쪽을 집중적으로 두들겼다. 앤디의 오른 주먹이 망치로 판자에 못을 박듯이 아르테미스의 머리를 두 번, 세 번, 네 번 내리친다. 그러자 심판이 둘 사이에 들어오고 이번 라운드가 끝난다. 3 대 1로 점수 차이가 약간 줄어든다. 이렇게 계속 주먹을 빙빙 돌려 펀치를 날리면 자신이 빠져 버린 이 구덩이에서 기어 올라갈 수 있다. 그렇게 역전할 수 있으리란 걸 앤디는 안다. 역전에 성공하는 건 초장에 아르테미스를 이겨 버리는 것보다 훨씬 더 근사한 일일 것이다. 아르테미스는 스툴에 앉아 회복 중이다. 앤디는 링에서 서성이면서 양 주먹을 퍽퍽 치며 몸을 데우고 있다. 다음 라운드가 시작되면 아르테미스 빅터를 칠 준비를 하는 것이다.

아르테미스의 부모가 허연 유령처럼 앉아 있는 심사위원들에게 사정없이 소리를 지른다. 어떻게 네 대를 연달아 허용할 수 있느냐고. 그게 얼마나 위험한지 아느냐고. 이건 위험한 스포츠라고. 링에 선 선수들이 어떻게 죽는지 모르나요? 특히 빅터 부인이 격노해서 펄펄 뛰고 있었다. 분노에 찬 말들이 물보라처럼 주위 사람들에게 쏟아졌다.

★★★

아르테미스는 스툴에 앉아 있다. 얼굴은 이십사 시간 동안 지워지지 않는 립스틱을 바른 것처럼 붉게 상기돼 있다. 방수 마스카라가 번져서 눈가에 멍이 든 것처럼 보인다. 가슴이 격렬하게 오르내리면서 어마어마한 양의 공기를 들이마셨다가 코로 내쉬면서 뇌세포 구석구석까지 산소를 공급하고 있다. 온몸의 힘줄까지 피곤하고, 머리는 마치 누군가 비닐봉지에 넣고 밀봉했다가 확 벗겨 버린 듯한 기이한 감각에 휩싸여 있다. 머리가 뜨겁다. 바람은 그저 건물 안에서 순환되는 공기의 흐름일 뿐인데도 아르테미스에게는 정면에서 세게 불어오는 것처럼 느껴진다. 마치 얼굴 앞에 송풍기라도 있는 것처럼.

★★★

아르테미스는 태어나서 처음으로 자기가 질지도 모른다는 생각을 한다. 그러자 화가 머리끝까지 솟구친다. 아르테미스 빅터는 승자니까. 눈앞에 있는 저 한심한 계집에게 굴욕을 당하다니. 아르테미스는 앤디의 작은 엉덩이와 호리호리하게 키만 크고 사지가 엉켜 있는 것 같은 이상한 몸뚱이를 본다. 앤디는 제 몸을 어떻게 해야 할지 모른다. 숨 쉬는 것조차 한쪽이 먼저 부풀고 다른 쪽이 나중에 따라오는 식으로 균형이 깨져서 마치 아코디언처럼 좌우로 들쑥날쑥 흔들린다.

아르테미스는 끝이 갈라지고 조각조각 끊겨 한 줌도 안 되는 앤디의 흉물스러운 머리카락을 바라본다. 아르테미스는 앤디 테일러에게 할 수 있는 최악의 생각을 떠올린다. 넌 아무것도 아니야. 아무도 널 기억하지 않을 거야. 넌 죽을 거고, 그 후엔 혼자가 되어 잊힐 거야. 사람들은 더는 네가 존재하는 척 연기하지 않아도 되는 거지. 네 몸은 썩어 사라지고, 아무도 네가 실제로 존재하는 사람이라고 말할 필요가 없을 테니까.

5라운드가 시작되고, 아르테미스는 일어나서 앤디 테일러의 가슴에 펀치를 사정없이 날리고 또 날린다. 이제 앤디의 몸은 아르테미스에게 반드시 말살하고 처리해야 할 대상일 뿐이다. 아르테미스는 자기가 앤디의 몸을 접어서 정육면체로 만드는 모습을 상상한다. 우선 앤디의 발이 이마에 닿을 때까지 다리를 접는다. 그리고 앤디의 엉덩이를 잡고 허리를 또 한 번 접어서 발은 이마에, 이마는 엉덩이에 맞닿게 한다. 그렇게 접은 앤디의 몸 위에 아르테미스가 앉는다. 소녀인 앤디의 몸은 이제 하나의 블록처럼 압축돼 있고, 아르테미스는 그 블록을 사방에서 꾹꾹 눌러가며 마치 목수가 나무를 다듬듯 점점 더 작게 만들어 마침내 손바닥 위에 올려놓는다.

아르테미스는 욕망이 너무 강렬해서 그걸 절대 잊지 못하는 사람이다. 뭔가 원하면 어떻게든 해내고야 말고, 손에 넣기 위해 무슨 짓이든 한다. 무엇이든, 어떤 일이든, 원하는 걸 손에 넣기 위해서라면 다 한다. 이번 싸움에서 이기고 싶은 이유도 가문의 명예를 지키는 것보다 더한 이유가 있다. 이 시합에서 이기면 어떻게든 큰언니를 제치고 자신이 집에서 가장 전설적이고 가장 잔혹하며 가장 아름다운 딸이 될 수 있다고 생각하는 것이다. 그러면 자신을 위한 비밀의 문이 열리고, 그 문을 열고 나가면 가족도, 엄마도 떠날 수 있다. 거기서는 가족 없이 오직 자기 뜻대로만 살면서 지금껏 경험해 보지 못한 거대한 자유를 맛볼 거라고 아르테미스는 상상한다.

　부모는 아르테미스가 지닌 정체성의 일부다. 예를 들어 그에겐 '빅터'라고 적힌 셔츠를 입은 곰 인형도 있다. 하지만 아르테미스는 이 정체성이 불쾌하다. 말하자면, 스스로 통제할 수 있는 더 강력한 무언가를 갈망한다. 그가 직접 만들고 바라보고 손에 넣을 수 있는 그런 정체성 말이다. 그리고 사실 빅터 가문이 가진 실질적인 힘은 대단치 않다. 그 권력은 몇 개 안 되는 여자 청소년 복싱 체육관 안이라는 아주 작은 거품 속에서나 존재할 뿐이다. 그런 곳에서는 빅터란 이름이 전설이지만, 패밀리 레스토랑, 백화점, 학부모 면담 자리, 아버지가 일하는 부동산 회사 같은 바깥 세계에서 빅터라는 이름은 아무것도 아니다. 아버지의 회사 실적은 계속 떨어지고 있다. 부모님은 인기 없는 변두리 동네에서 이중 담보가 잡힌 집에 산다. 그들은 반려동물도 키우지 않는다. 동물은 비현실적이고 돈만 드는 존재니까.

★ ★ ★

 종이 울리고 아르테미스 빅터가 앤디 테일러를 향해 빠르게 전진한다. 거의 달릴 듯한 기세로 성큼성큼 걸어가는 아르테미스. 아르테미스의 몸은 시속 16킬로미터로 흔들림 없이 달려가는 트럭처럼 묵직하고 단단해 보인다. 그의 전진을 막을 수 있는 건 아무것도 없어 보인다. 그 순간, 아르테미스의 몸이 앤디 테일러의 몸에 그대로 부딪힌다. 마치 앤디를 깔아뭉개서 결국 바닥에서 긁어내야 할 종잇장처럼 납작한 팬케이크로 만들어 버릴 기세다. 앤디는 넘어질 뻔하지만, 옆으로 비틀거리다가 다시 일어난다. 왼손에 낀 글러브로 몸을 받쳐서 그 힘으로 다시 몸을 밀어 올릴 수 있어서 등을 바닥에 대고 쓰러지는 일은 없었다. 그렇게 앤디는 빙그르르 돌아서 다시 일어선다.

★ ★ ★

 앤디는 거대한 공포에 휩싸인다. 어떻게 이렇게까지 철저하게 기습당할 수 있지? 어떻게 이렇게 납작해질 정도로 두들겨 맞을 수 있지? 주위의 공기가 사라지거나, 희박하거나, 부족한 듯이 느껴진다. 온몸의 힘이 빠지고 앞이 잘 보이지 않는다. 눈도 제대로 말을 듣지 않는다. 머릿속이 설익은 파이로 가득 찬 느낌이다.

★ ★ ★

이 순간 앤디는 아이처럼 보인다. 눈가에 잔뜩 힘이 들어가서인지 처음으로 제 나이인 열일곱으로 보인다. 그와 아르테미스 둘 다 원칙적으로는 아직 아이들이다. 미국 대부분의 주에서 입대할 수도, 술을 마시거나, 보호자의 서명 없이 낙태할 수도 없는 나이다. 그런데도 이들이 뛰고 있는 이 스포츠, 죽음을 재현하는 이 경기는 앤디와 아르테미스가 자신을 아이가 아니라 스스로 운명과 승리를 통제하는 힘을 지닌 청년으로 생각하도록 강요한다.

★ ★ ★

자신의 운명을 통제하고 있다고 믿지 않는다면, 어떤 스포츠도 진지하게 훈련할 수 없다. 훈련의 목적은 미래를 바꾸는 것이다. 원래 질 수밖에 없었을 결과를 바꾸기 위해 훈련하는 것이다.

★★★

아르테미스 빅터가 앤디 테일러보다 많은 시간을 훈련에 쏟은 건 확실하다. 그는 앤디 테일러보다 훨씬 더 오래 이 경기를 해 왔고, 더 오래 자세를 다듬었다. 앤디의 한 달 연습 시간보다 아르테미스의 한 주 연습 시간이 훨씬 더 많다.

★★★

앤디 테일러는 그동안 삶에서 잃어버린 것들을 생각한다. 아버지와 아버지가 앤디의 긴 팔을 놀리던 방식을 떠올린다. 아버지는 앤디의 팔을 문어 다리라고 불렀다. 앤디가 항상 사탕이나, 아버지의 다리나, 그를 안아 줄 누군가, 그의 작은 몸을 안아 올려 포근하게 안아 줄 누군가를 향해 팔을 뻗었기 때문이다.

★★★

앤디는 엄마를 생각한다. 앤디를 제대로 바라봐 주지 않는, 이복 남동생이 태어난 후로 점점 더 그를 바라봐 주지 않는 엄마를 생각한다. 엄마가 남동생을 더 사랑하는 이유는 앤디의 아빠보다 남동생의 아빠를 훨씬 더 좋아해서라는 걸 앤디는 안다. 앤디의 아빠는 그런 짓들, 나쁜 짓들을 저질렀다고 엄마가 말했다. 그래서 앤디는 항상 자기 안에도 그런 나쁜 면이 있을지 모른다고 느꼈다. 그 나쁜 게 뭔지 정확히는 모르지만. 아버지가 파란 시신이 되었을 때, 앤디는 어쩌면 자신이 아버지를 그렇게 파랗게 만든 건 아닐까 하는 생각을 떨쳐 버릴 수 없었다. 아니면 엄마가 말한 그 나쁜 면이 아버지를 파랗게 만든 걸까. 어쩌면 그도 파랗거나, 곧 그렇게 될지 모른다는 생각도 들었다. 아버지의 나쁜 면이 그에게도 있을 테니까. 그 빨간 트럭 수영복을 입은 꼬마의 다리도 마치 온몸의 피가 산소를 얻기 위해 사력을 다했던 듯 새파랬다. 앤디는 아이의 혈액 세포 하나하나가 공기를 찾아 폐와 심장과 발가락과 뺨을 약탈하는 모습을 상상했다. 앤디는 그 꼬마를 잃었다. 앤디는 그 아이가 살아 있을 때 수영장 가장자리에 서서 고리를 잡으려 물속으로 뛰어들기 직전에 봤다. 목에 걸려 있던 아이의 수경은 부서져 제대로 작동하지 않는 것 같았다. 한쪽 렌즈에 구멍이 나 있었다. 꼬마는 활짝 웃으며 무언가를 향해 소리를 질렀다. 꼬마의 어휘력은 도시락통 하나에 들어갈 만큼 작았다. 앤디는 꼬마가 아는 모든 단어가 엄마 없는 집에서 베이비시터가 깜박 잊고 두고 온 도시락통 안에 한 줄 한 줄 정리된 모습을 상상했다. 결국 베이비시터는 커뮤니티 센터 수영장 매점에서 점심을 사야 했을 것이다.

 어쩌다 앤디는 그 아이를 잃었을까? 앤디는 아르테미스를 보았다. 그의 시야는 온통 아르테미스로 가득 찼다. 밥의 복싱의 전당, 유령 같은 심사 위원들, 양철 벽, 점점 땅속으로 희미하게 사라지는 것 같은 분홍 로프 링을 에워싼 소녀들의 얼굴이 전부 뒤로 물러났다. 그래서 앤디의 눈에는 오직 아르테미스만 보였다. 마스카라가 번진 검은 눈자위, 숱 많은 머리카락 그리고 앤디가 본 그 어떤 돌보다도 단단해 보이는 크고 강한 그의 허벅지만이.

 앤디 테일러는 약사가 될 것이다. 부동산을 살 수 있을 만큼 돈도 벌 것이다. 하지만 어린 이복 남동생이 엄마에게 받았던 것만큼의 사랑은 받지 못할 것이다. 바로 그 사실 때문에 앤디는 평생 필사적이고 고집이 센 사람이 될 것이다. 절박함이 복싱 승부의 기준이 된다면, 앤디 테일러는 무게로 보나 부피로 보나 압도적인 승자가 될 것이다.

★★★

이번 라운드에서 아르테미스 빅터는 앤디 테일러의 귀와 머리, 코와 어깨를 충분히 가격해서 그 정도면 다섯 번은 이겼다고 보아도 좋을 정도였다. 종이 울렸을 때 스코어는 5 대 1. 그걸로 경기는 끝났다. 남은 라운드를 계속할 필요도 없었다. 아르테미스 빅터는 앤디 테일러를 꺾었는데, 앤디를 제외한 모든 이에게 그건 애초에 정해져 있던 결말처럼 느껴졌다. 약자라는 말이 괜히 있는 게 아니다.

★★★

앤디 테일러의 몸은 지쳤다기보다는 곤죽이 됐다. 그는 쓴 속껍질을 조심스레 벗겨 내면 그 안에 즙이 찬 알맹이들이 들어 있는 감귤류 과일을 생각한다. 그걸 손가락 사이에 넣고 조심스레 쥐면 알맹이들이 뽀드득 터진다. 앤디의 머리는 멍든 자몽처럼 느껴진다. 왜 그에게 보호막을 챙겨 줄 정도로 신경 써 준 사람이 하나도 없었을까? 타고 이동할 수 있는 조그만 상자라든가, 아니면 도시락통 같은 게 있었더라면 얼마나 좋았을까? 어쩌다 앤디 테일러는 네바다주 리노에서 고작 플라스틱으로 만든 우승컵 하나를 들자고 다른 소녀들과 싸우게 된 걸까? 어쩌다 앤디 테일러는 이렇게까지 철저하게 외롭고, 어쩌다 이렇게까지 두들겨 맞아서 곤죽이 되어 버린 걸까?

레이첼 도리코

vs.

케이트 데피

아마도 미래는 과거와는 다를 거야. 레이철 도리코는 딱히 누구에게랄 것 없이 그렇게 중얼거렸다. 그는 아르테미스 빅터가 앤디 테일러를 아작 내는 모습을 지켜봤다. 그는 팔짱을 낀 채 체육관 구석에 서 있었다. 처음에는 링 가운데가 꺼져 있는 것처럼 보였는데 링에 올라 케이트 헤퍼와 마주 보고 선 후에 링 구석의 스툴에 앉아 글러브 낀 손을 무릎에 올리고 다리를 쩍 벌린 자세로 보니, 링의 정중앙은 벌레가 100만 마리는 들어 있는 둥근 언덕처럼 보였다. 누군가 콕 찔러 터뜨리면 벌레들이 폭발하듯 와르르 쏟아져 나올 것 같은.

"나는 토스터기야." 레이철은 관중이 다 들을 수 있을 만큼 큰 소리로 말했다. 레이철은 마우스피스를 오른손에 쥐고 있었다. 그는 글러브를 끼고 마우스피스를 꽉 쥔 주먹으로 자기 허벅지를 툭툭 쳤다.

레이철 도리코에게는 사람에 대한 나름의 이론이 있었다. 사람은 당최 이해할 수 없으면서 절대 피할 수 없는 대상을 가장 무서워한다는 이론이었다. 그래서 레이철은 사람들을 최대한 두렵게 만드는 방식으로 살기로 결심하고 남자와 동물처럼 옷을 입었다. 언제나 대니얼 분 스타일[3]의 너구리 모자를 쓰고 다녔는데, 그게 꽤 잘 먹혔다. 이상한 모자가 사람에게 얼마나 강력한 힘을 주는지 놀라울 정도다.

케이트 헤퍼야말로 그 이상한 모자 논리를 적용해 보기에 완벽한 상대였다. 케이트 헤퍼는 분명 레이철의 이상한 모자를 보면 평정심이 흔들릴 사람이다. 레이철 도리코는 지금 자신의 이상한 모자를 쓰고 너구리 꼬리를 앞으로 돌려서 입에 넣고 썩어서 너덜너덜해진 가죽을 질겅질겅 씹으며 이 작은 링 맞은편에 있는 케이트 헤퍼를 빤히 응시할 수 있다면 얼마나 좋을까 생각했다.

레이철은 마우스피스를 입에 물고, 글러브 낀 주먹으로 헤드기어를 퍽퍽 쳤다. 케이트 헤퍼는 체육관과 다른

---

[3] 다람쥐나 너구리 꼬리가 달린 모피 모자를 쓰고 다니는 스타일을 말한다. 대니얼 분(Daniel Boone)은 18세기 미국의 탐험가다.

소녀 선수들, 남자 심판들, 남자 코치들, 남자 심사 위원들과 그들의 축 처진 배, 여기저기 흩어져 앉아 박수 치는 몇몇 부모까지 둘러봤다. 그들은 무언가를 향해, 아니면 그게 무엇이든 상관없이 박수를 치고 있었다. 아마 지금 시합하고 있는 어린 여자 선수들에게 육체가 있고 그런 육체를 복싱을 포함한 어떤 용도로든 쓸 수 있다는 사실에 박수 치고 있는 것처럼 보였고. 부모들 대부분은 그걸 재미있는 우연의 일치로 느끼는 것 같았다.

오전도 중반을 넘어가서, 이제는 모두 잠에서 깬 듯 보였고, 체육관 안으로 들어오는 햇살은 점점 더 크고 강해졌다. 이곳 리노의 햇살은 계속 강해질 테니, 이건 시작에 불과했다.

레이철 도리코와 케이트 헤퍼에겐 신체적인 차이보다 훨씬 더 큰 차이가 몇 가지 있었다. 둘은 각자 시간을 인지하고 삶의 중요성을 이해하는 방식이 극단적으로 달랐다.

형제가 많은 레이철 도리코는 세상에 의미 있는 존재가 되기 위해 자기가 할 수 있는 일은 아무것도 없다고 굳게 믿었다. 그리고 이기든 지든 시간은 그저 멋대로 착실하게 흘러갈 것이고, 그것만을 유일하게 알고 중요하다고 확신했다.

반면 케이트 헤퍼는 자신의 삶과 그 앞에 놓인 미래를 바라보며, 시간과 사건들이 자신을 중심으로 돌아가게 했다. 그것들은 그저 케이트가 그걸 통과해서 그것의 일부가 된 후 마침내 다음 단계로 나아가기 위한 과정일 뿐이었다. 케이트에게 시간은 오로지 자신이 그 안에 존재하기 위해 만들어진 개념일 뿐이다. 케이트는 목표를 세우는 사람이었다. 그는 상세한 목록을 만들고, 잘 정리된 폴더를 여러 개 관리했다. 미래에 케이트는 웨딩 플래너가 되어 여름 한 철에 스무 건의 결혼식을 성사시킬 것이다. 그리고 시간을 자기 뜻대로 주무르고, 결혼식 준비를 지휘하면서 실제로 그 일이 일어나게 했다는 점에 크나큰 기쁨을 느낄 것이다.

그렇기에 이 시합은 케이트의 계획에 어긋난 일련의 사건들이 될 것이다. 자신이 통제할 수 있다고 믿었던 것들이 오히려 그를 역습할 것이다. 레이철 도리코는 케이트 헤퍼의 움직임들, 한 번씩 날아드는 타격을 받아들여 흡수했다가 그보다 더 정교하고 발전된 형태로 뱉어 낼 테니까.

레이철 도리코는 이 경기를 순간들, 시간의 덩어리로 셀 것이고, 시합이 끝난 후 돌아봤을 때 그 순간들은 의미로 반짝일 것이다. 반면 케이트는 자신이 받은 점수 체계에 집착하면서, 각 라운드마다 점수를 세고 계산할 것이다.

그래서 레이철 도리코에게 이 시합은 이런 식으로 시작된다. 그들은 어떤 방 안에 있다. 그 방은 창고처럼 생겼지만, 누군가는 그것을 전당이라 부른다. 그가 볼 수 있는 사람들은 모두 체제에 순응하는 사람들 같다. 다들 각자 저만큼 떨어져서 팔짱을 낀 채 이름도 없이 홀로 서 있다. 모두 링 밑에 있어서 레이철보다 작아 보인다. 그들은 시합에 비추는 스포트라이트에서도, 곧 일어날 중요한 일에서도 멀리 떨어져 있다.

3, 1, 4. 케이트 헤퍼는 마음속으로 숫자를 생각한다. 1, 5, 9, 2, 6, 5. 케이트는 원의 둘레와 지름의 비율을 계속 세고 있다. 이 숫자의 예측 가능성이 그의 마음을 진정시켜 준다. 예전에 학교에서 보너스 점수를 맞기 위해 원주율 소수점 아래 50자리까지 외워야 했던 적이 있었다. 매번 똑같이 확고하게 반복되는 기억 속의 숫자들은 그에게 습관이자 위로가 됐다.

★ ★ ★

레이첼 도리코의 이상한 모자 철학은 효과가 아주 끝내준다. 심판이 유효타를 선언할 때마다 레이첼은 오페라 가수처럼 푸르르 소리를 내며 입을 푼다. 입술과 입술이 맞닿을 때 튀어나오는 공기 소리, 레이첼의 입속에서 밀려 나와 링으로 퍼지는 그 소리에 케이트는 깜짝 놀란다. 레이첼은 라운드와 라운드 사이에 팔뚝을 입에 대고 부우우 소리를 낸다. 레이첼의 입술 사이에서, 팔뚝과 얼굴 사이에서 빠져나온 바람 소리는 마치 코끼리 소리처럼 우렁차다.

★ ★ ★

케이트 헤퍼의 얼굴에 경악한 표정이 떠올랐다. 헤드기어 틈으로 삐져나온 머리카락 몇 가닥이 옆얼굴에 찰싹 들러붙었다. 3, 5, 8, 9. 케이트는 머릿속에서 계속 숫자를 되뇐다. 7, 9, 3, 2, 3, 8.

★★★

레이철 도리코에게 있어 이 시합의 여덟 라운드는 여러 개의 이미지이자 이 시합을 기억할 수 있는 물건들이 들어 있는 하나의 바구니로 기억된다. 다른 사람들이 연상 기법을 쓰는 것처럼, 레이철은 시합 장면의 이미지 하나하나를 활용한다. 시합의 중요한 흐름, 언제 접전이 있었고, 언제 그가 시합을 장악했는지와 같은 순간들을 자신의 승리를 복기할 때 떠오르는 이미지의 순서로 기억할 것이다. 이 방법을 가르쳐 준 사람은 삼촌이었다. 말보다 이미지가 더 기억하기 쉬우니까 네가 생각하기에 정말 중요한 일이 일어나고 있을 때는, 네 눈에 들어오는 가장 환한 이미지들을 그때그때 붙잡으라고 삼촌이 말했다. 그렇게 본 걸 그날의 기억 속에 차곡차곡 정리해 두라고. 그 순간 보이는 특정한 물건들을 꼭 기억해 두면 그것들이 그 시합에 대한 그의 기억을 전부 들여다볼 수 있는 작은 구멍이 되어 줄 거라고.

★★★

훗날 레이철은 이 시합을 떠올릴 때 다음과 같은 문

구들을 이 순서로 떠올릴 것이다.

플라스틱 모자
100달러
잘 정리된 유효타의 순간들
착한 아이
착한 개
짠돌이
밤 인사

반면 케이트 헤퍼는 1라운드 내내 숫자를 셌다. 숫자를 거꾸로 셌다가 다시 제대로 세면서, 링 위에서 시간과 자기 몸의 리듬을 자연스럽게 따라가지 못한 채, 마치 조잡한 흉기를 휘두르는 것처럼 거칠고 불안정하게 움직였다. 케이트는 어찌 된 일인지 모르겠지만 자신이 지금 이 상황을 감당할 수 없으며, 레이철 도리코에게 자기보다 더 뛰어난 자질이 있음을 알아챘다. 하지만 그는 이미 경기 흐름에 압도되어 있었다. 따라서 너무 늦어 버렸다고, 적어도 이 시점에서 뭔가를 바꾸기엔 너무 늦었다고 생각했다.

★★★

4, 6, 2, 6, 케이트 헤퍼는 머릿속으로 되뇐다.

★★★

세상 사람들의 모자는 다 플라스틱이라고 레이첼 도리코는 생각한다. 봐 봐. 전부 면이어야 할 것도, 알고 보면 녹인 플라스틱으로 짠 직물이다. 자세히 들여다보면, 플라스틱 입자들이 다 보인다. 저 남자의 모자에 용접 토치를 갖다 대면, 불이 붙는 게 아니라 녹아 버릴걸. 레이철은 자기가 가진 옷 전부, 그러니까 농구할 때 입는 반바지, 닳아 해진 운동화, 오빠들이 입던 고릿적 풋볼 우승 티셔츠들을 바닥 매트 위에 펼쳐 놓는 상상을 한다. 그 옷들은 대부분 플라스틱이겠지. 특히 유니폼들. 레이철은 이곳, 밥의 복싱의 전당 바닥에 마치 자기 방인 양 옷들을 흩뿌려 놓고 싶다. 만약 그 옷들이 내 몸 위에서 녹는다면 그중 어떤 유니폼이 가장 덜 위험할까? 어떤 플라스틱 유니폼 반바지가 내 피부에 가장 손상을 덜 입힐까?

체육관에서 플라스틱 모자를 쓴 채 앉아 있는 남자는 돈 많은 삼촌처럼 보인다. 그는 부동산으로 돈을 벌었거나 장가를 잘 가서, 그러니까 사실상 아무 교육도 받지 않고도 부자가 된 삼촌처럼 보인다. 아니, 어쩌면 애초에 부라는 건 교육과는 상관없는 것일까? 레이철은 그런 생각을 하며 마치 다친 짐승 주위를 돌듯, 케이트 헤퍼 주위를 빙빙 돈다.

★★★

"플라!" 레이철은 마우스피스를 낀 채로 침을 뱉었다. 그는 이미 이번 라운드를 이길 만큼 케이트에게 충분히 주먹을 날렸다. 케이트 헤퍼는 지금 제대로 서 있지도 못한다. 케이트의 플래너, 노트, 색깔별로 구분한 메모들은 지금 여기서 몸을 가누려 애쓰는 케이트에게서 멀리, 닿을 수 없는 곳으로 사라져 버렸다.

★★★

4, 3, 3, 8. 케이트 헤퍼는 숫자를 마음속으로 읊조린다.

★★★

케이트는 패닉에 빠져 사정없이 지고 있다. 그는 힘이 빠지고 겁에 질린 듯하다. 심사 위원들과 관객들도 자기를 향해 날아오는 주먹을 볼 때 케이트의 얼굴이 움찔하면서 놀라는 걸 실제로 볼 수 있다. 케이트는 이 시합에서 지고 싶지 않다. 그는 뭔가에서 최고가 되려고 노력하는 중이다. 케이트가 바란 건 모든 것에서 최고가 되는 것인데, 지금은 속은 느낌이 든다. 아니면 어떻게 그렇게 됐는지는 몰라도 잘못된 목표를 쫓아 달려온 게 아닐까 하는 생각이 든다. 이기면 언제나 그걸로 된 거 아니야? 아니, 그렇지 않다는 사실을 케이트는 기억해 낸다. 때로는 이기는 것이 누군가에게 위협적으로 보일 수도 있다는 점을 케이트는 떠올린다.

케이트가 앞으로 남은 십육 분에서 바라는 건 이 시합의 승리가 아니라, 자기가 해야 할 일을 해내는 승리다. 케이트 헤퍼는 순응주의자다. 그는 질문을 잘 못 한다. 질

문을 한 번 잘못했다가 분위기가 싸늘해진 적이 있어서, 한번 일어난 일은 또 일어날 수 있다고 생각해 두려워한다. 그래서 필사적으로 주위 사람들의 비위를 맞춘다. 부모님을 기쁘게 해 드리고 싶어서 가족사진을 찍을 때마다 늘 분홍색 옷을 입고 활짝 웃는다. 가족사진 찍는 걸 지겨워하지도 않는다.

하지만 지금 케이트는 여기 리노에서 숫자를 세다 잊어버리고, 틀리고, 뒤죽박죽으로 세고 있다. 어쩌다 내가 못 할 수도 있는 일을 하겠다고 마음먹었을까? 어떻게 내가 이 시합에서 질 수도 있다는 걸 몰랐을까? 케이트의 엄마는 여자애들이 남자애들보다 빨리 큰다고 말한 적이 있다. 하지만 케이트는 이렇게 지려고 크고 싶었던 게 아니다. 케이트는 그저 이겨야 한다는 생각뿐이다. 그가 아는 단 한 가지는, 뭔가에서 최고가 되는 것이 꿈이어야 한다는 것이었다. 레이철 도리코가 저쪽에서 침을 뱉고 소리를 지르고 미쳐 날뛰더라도, 케이트는 한껏 자제하고 있다. 그렇게 케이트는 감정을 극도로 통제한 채 이 시합에서 질 것이다. 케이트는 생각한다. 만약 내가 계속 거꾸로 숫자를 세고, 내가 배우고 숙달한 동작을 계속 같은 식으로 반복하면 이 시합의 판세를 뒤집을 수 있을지도 몰라. 케이트는 생각한다. 어쩌면 저 애, 저렇게 팟팟 소리를 내며 금방이라도 폭발할 것 같은 고출력 밸브 같은 저 애가 경기를 포기하거나 다 타 버려서 소진될지도 모르잖아.

★★★

   3, 2, 7, 9. 케이트 헤퍼는 생각한다. 그리고 5, 0, 2, 8, 8, 4, 1, 9를 머릿속으로 뇌까린다.

★★★

   100달러짜리 지폐. 레이철 도리코는 마우스피스를 입에 문 채 웅얼거린다. 그는 그것이 자기 손에 들려 있는 모습을, 자신의 플라스틱 스냅백 모자챙에 핀처럼 꽂힌 그 돈을 생생하게 볼 수 있다. 그것은 상금이지만, 그의 돈이다. 레이철은 그동안 5달러, 20달러짜리 지폐들을 모아서 빳빳한 100달러짜리 새 지폐 한 장으로 바꿨다. 그 돈으로 오빠들 중 하나와 내기하려고 했지만. 아무도 응해 주지 않았다.

네가 그들을 죽여 놓을 거잖아. 큰오빠가 그렇게 말했다. 큰오빠가 그런 말을 할 때가 정말 좋다.

레이철에겐 그를 때리는 오빠들이 떼거리로 있다. 레이철은 주먹을 날리는 오빠들에게 애증의 감정을 느낀다. 좋게 해석하면 오빠들이 분명 자기를 남자로 봐준다는 뜻이다. 그게 아니라면, 오빠들이 왜 굳이 말을 걸어 주겠는가? 하지만 나쁘게 해석하면 레이철은 오빠들에게 끊임없이 놀림과 괴롭힘을 당하고 있다. 하지만 그 괴롭힘에도 아주 작은 장점이 있다. 레이철 도리코는 피부가 두껍고, 그 속에서 자기만의 세계를 만들어 살아가는 법을 안다. 그렇게 세계를 구축해 온 방식이 레이철에게는 아주 유리하게 작용했다. 레이철이 제대로 연습할 수 있도록 체육관을 찾아 준 사람도 큰오빠였다. 거기에서 느낀 설렘과 그곳에 여자아이가 하나도 없다는 사실이 이상한 모자를 쓰는 레이철의 철학과 잘 맞아떨어져서 레이철은 복싱을 시작했다. 그렇게 레이철은 체육관과 헛간의 서까래에 걸어 놓은 모래주머니에 광적으로 빠져들었다.

레이철 도리코의 몸은 탄탄하고 날렵하면서도 비쩍

말랐다. 다리는 피부로 감싼 마른 파스타 다발 같다. 그는 체급에 비해 몸이 작고, 일반적으로 봐도 작은 편이다. 키는 작지 않지만, 전체적으로 밀도가 높고 부피는 적은 몸이다. 레이철은 가끔, 자신의 몸속이 사정없이 두들긴 송아지 고기처럼 생겼다고 상상한다. 사람들이 자기를 보고 예쁘다고 하면 큰 소리로 웃는다. 그런 말을 하는 사람은 항상 레이철보다 나이가 많거나 중년 여자들이다. 그런 말에는 레이철의 어디가 어떻게 예쁘다는 설명이 없기에 그냥 할 말이 없어 하는 빈말 같다. 그런 말에 대한 레이철의 반응은 항상 거칠고 서투르다. 자신이 못생겼다고 생각해서가 아니라 그 중년 여자들이 바라는 아름다움이 자기에게는 없으며, 그들의 말은 그저 새빨간 거짓말이라는 걸 잘 알고 있어서다.

★★★

레이철 도리코의 몸이 복싱에 딱 맞는 몸도 아니다. 어떤 올림픽 코치도 한 줄로 선 후보 선수 중에서 레이철을 택하진 않을 것이다. 레이철의 어깨는 선천적으로 앞으로 굽어 있다. 서 있는 자세도 어딘가 어색하다. 쓸데없이 눈을 자주 깜빡이고, 손도 좀 떤다. 그걸 보고 그 이유를 제대로 생각해 본 식구는 하나도 없다. 쟤는 그냥 손이 좀 떨리는 애지. 얼굴에 사마귀가 난 사람도 있잖아. 그러니 우리 딸이 손이 떨려서 펜도 못 쥐는 게 뭐 대순가?

반면 케이트 헤퍼의 몸은 복싱 선수로 완벽해 보인다. 사람들도 케이트에게 늘 그렇게 말한다. 그가 사는 시애틀에서는 복싱이 쿨한 스포츠로 여겨진다. 복싱한다고 말할 수 있는 것만으로도, 사람들은 케이트가 초대해 어울릴 만큼 흥미로운 사람이라고 생각했다.

사람들의 말은 빈말이 아니었다. 케이트의 몸은 실제로 복싱 선수로서 이상적이다. 굵고 남성적인 어깨와 울퉁불퉁 튀어나온 팔뚝과 납작한 엉덩이. 하지만 케이트는 늘 자기 몸이 싫었다. 잡지에 나온 모델들의 사진과는 너무 다르니까. 케이트는 자신을 늪지대라는 용어의 화신이라고, 즉 늪지대만큼이나 뼈대가 크고 묵직하다고 생각한다. 하지만 케이트는 그렇게 통뼈도 아니고, 뼈대가 굵지도 않다. 단지 팔뚝과 목이 좀 굵고 머리가 클 뿐이다. 거기다 코는 그리스 조각같이 날카롭다. 케이트는 무용수가 되고 싶었지만, 이런 몸매인 그에게 춤을 춰 보라고 말한 사람은 아무도 없었다.

★★★

아이들이 원래 그렇다. 자기가 뭘 하거나, 해야 한다고 생각하거나, 뭘 잘한다고 믿게 되는 건 그저 넌 그걸 잘할 것 같아, 라는 누군가의 한마디 때문인 경우가 많다. 키가 크면 농구 잘하겠다는 소리를 듣는다. 엉덩이가 납작하면 수영, 복싱, 원반던지기가 잘 어울리겠다는 말을 듣는다. 그러다 어느 순간 생각하게 된다. 내가 이걸 잘하나? 사람들이 그렇게 말할 정도면, 정말 그런 거겠지.

★★★

케이트는 뭔가를 잘해 내는 걸 좋아한다. 자기가 특별한 사람이라는 허황된 믿음을 갖고 있기 때문이다. 케이트는 목숨이 경각에 달린 위기 속에서 오직 자기만 거기서 벗어날 답을 알고 있는 상황을 상상한다. 자기가 사람들을 구해 내서, 모두 기쁨의 눈물을 흘리며 그를 찬양하는 장면을 상상한다. 훌륭한 웨딩 플래너가 되기에 좋은 성격이다. 케이트는 화려한 의식과 극적인 연출에 환장한다. 이날은 당신의 인생에서 가장 중요한 날이에요. 그는 미래에 이런 말을 하게 될 것이다. 케이트는 그 말을 예비 신부들에게 하면서 그들의 눈이 커지고 고개를 사정없이 끄덕이는 모습을 지켜볼 때가 너무 좋다. 여자들은 모두 그들이 지금까지 살면서 해 온 모든 일들이 바로 이 순간으로 이어졌다는 케이트의 말에 동의한다. 지금 케이트도 바로 그 생각을 하면서 레이철 주위를 빙빙 돌고 있다. 자기 인생의 모든 순간이 결국 여기에 이르게 했다고 생각한다. 이미 흘러가 버린 시간처럼 변덕스럽고 쓸모없는 뭔가를 인간의 의도대로 움직일 수 있다는 케이트의 믿음은 그의 가장 큰 약점이자 가장 큰 자산이다. 케이트는 세상의 여러 일들이 돌고 도는 중심에 늘 자신이 있다는 착각에 빠져 있다. 그건 사실이 아니지만, 이 믿음 때문에 케이트는 자기가 이겨야 한다는 특권 의식이 생겼고 경쟁력을 가질 수 있었다. 이 펀치는 내가 당연히 맞혀야 할 펀치야. 나는 이 펀치를 때릴 수 있어. 이 라운드는 내가 이겨 마땅한 라운드야. 그리고 케이트는 그걸 해낸다.

레이철 도리코는 미친 여자처럼 땀을 뻘뻘 흘리면서 코너에서 숨을 돌리는 와중에, 혼잣말로 자신의 이상한 모자 이론을 시합에 쓸 수만 있다면 얼마나 좋을지 중얼거린다. 대체 내 이상한 모자는 어디 있는 거야? 그 이상한 모자를 쓸 수 없는 운동을 대체 내가 왜 하겠다고 동의했을까? 지금 쓰고 있는 헤드기어는 너무 가렵고 덥고 숨이 턱턱 막힌다. 마치 머리 위에 오븐을 쓰고 있는 느낌이다. 가끔은 이 답답한 헤드기어가 마음을 편안하게 해 주기도 하지만, 지금은 확 찢어서 벗어 버리고 머리를 벅벅 긁고 싶다. 마치 벌레들이 플라스틱으로 만든 보호대 안에서 두피를 갉작거리고, 두피와 보호대 사이에서 흐르는 땀 위로 미끄럼틀 타듯이 미끄러지고 있는 것 같은 느낌이 들어 미칠 것 같다.

★★★

씨발. 레이철은 생각하지만, 입에 낀 마우스피스 때문에 이상한 소리가 튀어나온다. 플라! 시합에서 지면 레이철의 상금은 누가 갖게 될까? 그 100달러짜리 빳빳한 새 지폐는 대체 누가 가지게 될까? 아무도 못 줘, 레이철은 생각한다. 내가 태워 버려야지. 진다는 건 그런 거야. 무지하게 힘들게 손에 넣은 뭔가를 내 손으로 태워 버리는 것이라고 레이철은 생각한다. 그러니 내가 직접 불을 지르는 게 낫다. 성냥에 불을 붙여서 타게 놔두는 거야. 가질 수 없는 건 차라리 파괴해 버리는 게 나아. 레이철 도리코는 조금씩 조금씩 강도를 높여서 케이트 헤퍼를 박살 낼 계획이다. 그는 케이트가 무용수처럼 아주 작은 목소리로 숫자를 세는 걸 듣는다. 내가 저 숫자들을 빼앗아서 망가뜨리겠어, 레이철은 생각한다. 그냥 저렇게 세라고 놔두자, 레이철은 생각한다. 시간의 의미를 모르는 사람만이 타이머를 쓰는 법이지.

★★★

7, 1, 6. 케이트 헤퍼는 센다. 9, 3, 9. 그의 발이 링 위에서 작게 원을 그리고 있다.

★★★

레이철 도리코가 케이트의 어깨, 그다음 입, 이어서 복부를 친다. 레이철은 펀치로 산을 쌓아 올리고 있다. 그 펀치의 성은 점점 더 커지고 있다. 레이철은 자신이 작지만 점점 더 정교하게 기세를 더하며 이기고 있다고 느낀다. 전에 한 남자가 냉장고를 등에 지고 언덕을 오르는 영상을 본 적이 있다. 냉장고 밑을 통과한 밧줄이 그의 이마에 받침대로 고정한 나무 조각에 연결돼 있었다. 남자는 이마에 쏠린 무게 중심을 버텨 내면서 냉장고의 무게를 떠받치느라 허리가 약 45도로 기울어져 있었다. 나는 지금 내 머리를 이용해서 냉장고를 지고 산을 오르고 있어. 발을 한 발, 또 한 발, 앞으로 내디디며 가고 있어. 나는 지금 이 아이, 케이트 헤퍼를 코너로 몰아넣고 있어. 이제 애를 절벽 너머로 던져 버릴 거야.

성취에 대한 레이철의 생각은 이렇다. 그것이 아무리 힘겹게 이뤄 낸 것이라 해도, 결국은 아무 의미 없다는 것이다. 그는 방에 트로피를 진열하거나, 육상 경기에서 받은 리본을 침대 주위에 테이프로 붙여 두는 짓 따위는 하지 않는다. 오빠들은 다 그렇게 하지만, 레이철은 바보 같은 짓이라고 생각한다. 내가 따낸 승리를 다른 사람들과 나눠야 한다면 뭐 하러 이기는 거야? 왜 승리를 떠들어 대고 푸들처럼 우쭐거리고 다녀서 더럽히는 거지? 그냥 내가 이긴 다음엔 사람들이 그 사실을 저절로 알게 하는 편이 낫지. 더 좋은 건 본인이 없는 자리에서 사람들이 그 이야기를 하게 만드는 거고. 내가 없는 자리에서도 사람들이 그 승리에 대해 떠들어 대는 것보다 나은 게 뭐가 있겠어? 그럼 내가 그 자리에 없어도 승리는 내 것이 되잖아. 그 자리에 없어도 사람들이 날 두고 수군거린다면 얼마나 좋아. 그래서 레이철은 이상한 모자 철학을 신봉하는 것이다. 사람들을 혼란스럽게 만들 뭔가를 던져 줘야 한다고 레이철은 생각한다. 케이트는 지금 혼란에 빠져 있어, 레이철은 생각한다. 내가 이길 거야. 레이철은 자신이 마치 얇은 송아지 고기 커틀릿이 된 기분이다. 몸을 너무 익혀 뜨거워진 느낌이 든다. 하지만 그런 동시에 케이트의 몸을 휘감아서 질식시킬 수 있을 정도로 자신의 몸이 두껍다고 느낀다. 내 몸에서 에너지가 넘치고 있어. 레이철은 생각한다. 난 이 100달러짜리 싸움에서 이길 거야.

9, 3, 7, 5, 1. 케이트 헤퍼가 중얼거린다. 1라운드에서 심판이 레이철의 승리를 선언하는 순간 케이트는 눈물을 흘린다. 그의 모든 통제력이 몸 밖으로 스며 나왔다. 피와 짜디짠 눈물과 미끄러운 땀이 섞여 마치 콧구멍에서 분홍

색 쿨에이드[4]가 새어 나오는 것 같다. 그리스 조각 같은 케이트의 콧날은 아까보다 더 도드라져 보인다. 레이철에게 두들겨 맞은 얼굴이 납작해진 채 벌겋게 부어 있다. 너무 납작해 보여서, 링 아래에서 지켜보던 관중 중 하나는 케이트의 얼굴이 과연 원래대로 회복될 수 있을지 의문을 품을 정도다. 청소년 복싱 시합에서는 그런 일이 실제로 일어나기도 하지 않나? 어떤 애들은 너무 심하게 맞아서 영구적인 손상을 입지 않나? 부상이 너무 심해서 평생 지워지지 않을 시합의 흔적을 품고 살아가는 사람들도 있지 않나?

나는 들불이야, 레이철 도리코는 생각한다. 그는 모든 것이 잿더미가 되는 광경을 본 적이 있다. 어렸을 때 살던 샌디에이고의 집이 무(無)로 돌아가는 과정을 지켜봤다. 그 불이 났을 때, 레이철은 너무 어려서 기억하지 못할 거라고 다들 생각했다. 그때 레이철은 큰오빠의 손을 잡고 있었다. 불이 났을 때 레이철은 여섯 살이었고, 식구들 모두 우르르 밴에 올라타야 했다. 한밤중에 누군가 문을 두

---

4) 인공 과일 맛 음료.

드리며 말했다. 지금 불이 근처까지 번지고 있으니 살아서 빠져나가고 싶으면 지금 당장 떠나야 한다고. 그래서 레이철의 형제들과 부모님과 늦둥이인 레이철까지 모두 가족 밴에 올라타고 바닷가로 갔다. 그들은 해변에 텐트를 치고 불길이 사그라들기를 기다렸다. 그렇게 이틀 동안 모래 위에 앉아서 시간을 보내고, 근처 식료품점에서 도넛과 즉석 샌드위치를 사 먹으며 지냈다. 밴을 타고 빠져나오는 나오는 길에 레이철은 작은 고개를 돌려 어깨너머를 바라보았다. 불길 하나가 그의 등 뒤에서 산을 핥고 있었다. 레이철이 뛰놀던 숲은 까맣게 그을린 연기구름 속으로 무너져 내렸고, 불의 경계선은 행군하는 군대처럼 질서 정연하게, 느리지만 멈추지 않고 언덕을 넘어 그의 집을 향해 다가가고 있었다. 레이철은 너무 어려서 그때 일을 절대 기억할 수 없다고 오빠들은 말했다. 세상이 불타는 모습을 한 번 보면 삶의 허무를 믿게 된다. 늑대는 개를 죽이지만 먹지는 않는다. 아기는 작은 플라스틱 조각 하나에 질식한다. 사슴은 차에 치인다.

레이철 도리코는 이 모든 게 의미 없다는 걸 안다. 이기든 지든 이 도터스 오브 아메리카컵, 즉 여자 청소년 복싱 대회 중 가장 크고 가장 중요하고 가장 치열한 이 대회에서도 시간은 계속 뚜벅뚜벅 나아갈 것이고, 레이철은 그 속을 통과할 것이다. 거기에 뭔가 의미가 있을지도 모르지만, 승리에 있진 않다. 레이철이 지금 싸우고 있다는 사실, 레이철이 전력을 다하고 있다는(복부에 힘을 꽉 주고, 이두박근을 말아 올리며) 사실에 있다. 그건 모두 볼 수 있으며, 설령 나중에 사람들이 잊어버린다 해도, 적어도 레이철 자신은 안다. 자신이 여기까지 왔음을, 전국 최고 중의 최고들과 맞서 지금 이기고 있다는 사실을. 맞다, 레이철은 이 빌어먹을 시합을 확실하게 이기고 있다.

★★★

관중 속에서 이 경기를 지켜보는 사람은 레이철의 할머니다. 레이철을 샌디에이고에서 리노까지 데려다주기 위해 차를 운전해서 왔다. 레이철에겐 차가 없어서 할머니가 큰 수고를 해 준 것이다. 제발요, 레이철이 애원했다. 할머니 차로 저 좀 시합에 데려다주세요. 그러겠다고 대답하긴 쉬웠지만, 할머니는 사실 레이철이 어디에 가야 하는지 이해는 잘되지 않았다. 복싱 경기를 본 적이 없던 할머니는 링 위의 소녀들이 입은 복장과 장비들과 소녀들이 마치 왕관이라도 쓴 것처럼 머리 위에 당당하게 쓴 헤드기어들을 보며 깊은 인상을 받았다. 어쩌면 저렇게 다들 자신만만할까, 레이철의 할머니는 생각했다. 목소리는 또 다들 얼마나 큰지. 시합 중이 아닌 다른 소녀 복서들은 마치 수중 철창에 갇힌 상어 주위를 맴도는 작은 물고기들처럼 링 주위를 맴돌고 있다. 그들은 안전하게 거리를 둔 상태에서 경기를 지켜본다. 누군가는 헤드기어를 썼지만, 턱끈은 풀어 놨다. 껌을 씹는 아이들도 있었다. 어떤 아이는 새처럼 한쪽 발로만 균형을 잡고 서 있다. 내가 자식을 낳고, 그 자식이 또 자식을 낳는다는 건 참 묘한 일이구나, 할머니는 생각한다. 아이들의 영혼은 어디서 오는 걸까? 레이철의 할머니는 이런 생각을 하면서 레이철이 케이트 헤퍼의 오른쪽, 그리고 왼쪽, 그리고 어깨를 치는 모습을 지켜본다. 케이트는 뒤로 물러나면서 숫자를 기억하려 애쓴다. 0, 5, 8. 케이트는 생각한다. 2, 0, 9. 또 생각한다.

위에서 밥의 복싱의 전당을 내려다보면 레이철 도리코와 케이트 헤퍼는 서로에게서 세 발짝 거리를 두고 서 있다. 두 사람은 주먹을 얼굴 앞에 든 채 멈춰 있다. 레이철은 뒷다리에 무게를 둔 채 몸을 앞뒤로 흔들고 있다. 케이트는 무용수처럼 발을 끊임없이 들었다 내려놨다 한다. 시합을 지켜보는 사람들, 그러니까 레이철의 할머니, 다른 선수의 부모들, 기자 둘, 코치들 그리고 배가 나오고 심란해 보이는 심사 위원들 모두 링을 향해 몸을 기울인다. 두 선수의 움직임에는 어딘지 예측할 수 없는 분위기가 감돈다. 둘 다 현실 감각을 놓아 버린 것처럼 보인다. 둘 중 조금 더 땅딸막한 케이트 헤퍼는 뭔가 세고 있는 듯 보이지만, 숫자를 들을 수도 볼 수도 없어, 확신할 수는 없다. 레이철은 끊임없이 시끄러운 소리를 내는데 그 소리는 단어의 형태를 띤 투덜거림처럼 들린다. 레이철이 내뱉는 말의 형태를 갖춘 소리가 창고를 개조한 체육관의 양철 벽에 부딪혀 튕겨 나간다. 그 소리와 함께 흩어진 빛이 다른 소녀 복서들의 귓속으로 흘러 들어간다. 그들은 레이철 도리코와 케이트 헤퍼가 헐떡이는 소리를 들을 수 있다. 실내에는 음악도 흐르지 않는다. 관중 수가 너무 적어서 귀를 먹먹하게 하는 환호성도 들리지 않는다. 응원하는 사람도 거의 없고, 누군가 외치면 소리가 너무 커서 민망할 지경이다. 양철 창고를 개조한 체육관 안에서 그 외마디 소리가 어색하게 울려 퍼진다.

★★★

　체육관에 있는 사람들 모두 레이철 도리코와 케이트 헤퍼의 몸이 같은 목표를 쟁취하기 위해 사력을 다하는 소리를 듣고 있다. 지금 밥의 복싱의 전당 안은 아주 조용해서 케이트 헤퍼의 글러브가 레이철의 가슴을 치는 소리까지 들린다. 퍽. 마치 손바닥으로 납작한 수면을 내리치는 것 같은 소리. 이 두 소녀 모두 물로 만들어졌을까? 리노의 더위가 사방에 스며들고 있다. 정오가 다 된 시간, 모두 눈 밑에 다크서클이 낀 채 땀을 흘리고 있다.

★★★

　지난 시합에서 진 슬프고도 안쓰러운 소녀 앤디 테일러는 체육관 밖에 있는 자신의 고물차에서 자고 있다. 1라운드에서 져서 집에 가게 된 앤디는 더는 다른 사람들의 얼굴을 볼 자신이 없었다. 시합은 그가 원했던 것보다 짧았지만, 아르테미스 빅터의 얼굴은 너무 오래 봤다. 앤디가 지금 잠의 도시에 있는 이유는 잠이야말로 고통에 대처하는 최고의 방법이기 때문이다. 누군가는 술을 마시고 앤디는 잠을 잔다. 이전에도 잠으로 패배의 고통을 흘려보낸

적이 있지만, 이렇게 높은 곳에서 굴러떨어진 건 처음이다. 아르테미스와의 경기는 워낙 치열해서, 그걸 돌아보는 것조차 추락처럼 느껴졌다. 자고 나면 이 패배도 잊히겠지, 앤디는 생각한다. 아르테미스 빅터가 내 가슴을 사정없이 치던 그 순간도 잊을 거야. 레이철 도리코든 케이트 헤퍼든, 그들의 시합은 볼 필요도 없어. 둘 중 하나는 이길 것이고, 그다음에는 나 아닌 아이와 싸우게 되겠지. 레이철이나 케이트가 이길 것이고, 그중 하나가 빅터가의 셋째 딸 아르테미스와 붙겠지.

★ ★ ★

아르테미스 빅터는 지금 체육관의 양철 지붕 밑에서 케이트 헤퍼와 레이철 도리코가 서로 코앞에서 숨을 몰아쉬는 소리를 듣고 있다. 레이철이 유효타를 더 많이 따냈지만, 지금쯤이면 더 많이 확보했어야 했다. 아르테미스는 시합 초반엔 레이철 도리코의 승리를 확신했지만, 지금은 아니다. 서서히 열기가 밀려들고, 케이트 헤퍼는 뭔가를 폭발시킬 것처럼 집중적으로 숫자를 세고 있다. 이젠 승부를 장담할 수 없다.

★★★

7, 4, 9, 4, 4. 케이트 헤퍼가 중얼거린다.

★★★

레이철 도리코는 이 경기를 기억하기 위해, 이미지들을 정리하는 데 집중하려고 애쓰고 있다. 플라스틱 모자, 잘 정리된 유효타의 순간들, 100달러. 이 경기는 다시 할 수 있는 게 아니야, 레이철은 생각한다. 내가 유명 선수가 아니니 재경기는 없어. 케이트 헤퍼가 슬금슬금 따라붙게 둘 순 없어. 내가 리노까지 어떻게 왔는데. 레이철의 할머니는 시간을 확인하려고 휴대폰을 들여다본다.

★★★

레이철과 리노까지 동행한 체육관 코치는 평소에 레이철을 지도하는 코치가 아니다. 그 코치는 지금 시즌마다 열리는 남자부 대회에 따라갔다. 챔피언이 걸린 대회도 아닌데 말이다. 지금 리노에 있는 이 코치는 세 자녀에 대한 단독 양육권을 잃었고, 빚 독촉 전화에 시달린다. 그는 권

위를 휘두를 곳이 필요해서 레이철이 다니는 체육관에 들어왔다. 레이철은 그의 이런 욕망을 마치 꼬박꼬박 세금을 내듯 감수한다. 모든 일에는 대가가 따른다고 레이철은 생각한다. 원하는 걸 가지려면 뭔가를 포기해야 해, 레이철은 생각한다. 이 코치에게서 자세와 스탠스를 배웠지만, 나는 분명히 그 값을 치렀어. 내가 모은 100달러 상금은 내 것이어야 해. 레이철 도리코는 그런 생각을 하며 케이트 헤퍼의 어깨에 다시 주먹을 휘두른다. 그 타격은 마치 줄넘기의 줄이 휙 소리를 내며 앞으로 튀어 나가는 것처럼 빠르다.

★ ★ ★

샌디에이고에서 레이철은 자기가 어디 있는지, 자기 몸이 어떻게 생겼는지, 사람들이 말을 거는 자기 몸이 있다는 사실을, 그리고 그 말에 자기가 응답할 수 있다는 것까지 잊기 위해 숲길을 달린다. 3킬로미터쯤 달리면 영혼이 머리 위로 떠올라 맴도는 것 같은 느낌이 든다. 평소 레이철을 봐주는 체육관의 코치는 달리기가 근육에 좋다고 말하지만, 레이철은 생각한다. 달리기의 가장 좋은 점은 자신에게 머리가 있다는 사실을 잊게 만들어 주는 거라고.

★ ★ ★

레이철은 지금 용접기로 녹여 버린 농구 반바지의 이미지를 눈앞에서 떨쳐 낼 수 없다. 눈은 케이트 헤퍼를 보고 있지만, 불에 타 녹아 버린 옷가지들이 주위에 널브러져 있는 환영이 좀처럼 지워지지 않는다. 레이철이 그 화재와 관련하여 기억하는 게 하나 있다. 엄마가 레이철에게 착한 딸이 되라고 말하는 모습. 레이철은 엄마의 그 말이 차에 타라는 뜻이었다고 생각한다. 레이철, 착한 딸이 되어서 차에 타렴. 그들은 불을 피해 차를 타고서 떠나야 했으니까.

착한 딸이 되라니, 이 얼마나 슬픈 말인가. 레이철은 생각한다. 맙소사. 나는 그 말이 너무 싫어. 착한 딸은 착한 아들보다 말도 안 되게 끔찍한 말이야. 착한 아들이 되려면 깨끗한 셔츠 하나만 입어도 돼. 세상에 착한 딸이 되고 싶어 하는 아이는 없어. 여기 있는 그 누구도 그저 괜찮은 아이가 되고 싶진 않을 거야.

★ ★ ★

　레이철 도리코는 끝내주는 사람이 되고 싶다. 들불같이 활활 타오르는 소녀 복서가 되고 싶다. 레이철은 심사위원들과 코치들과 다른 선수들이 모두 자기를 바라보며 이렇게 생각하기를 바란다. 저 아이는 군대처럼 느리고 끈질기게 전진하는 들불이고, 그 들불은 결국 케이트 헤퍼를 무너뜨릴 거라고.

★ ★ ★

　넌 끝났어. 레이철 도리코는 마우스피스를 낀 채 그렇게 내뱉는다. 레이철의 복부는 마치 로마 시대 구혼자의 배처럼 탄탄하다. 레이철은 아주 착하게 행동한 대가로 처녀를 얻게 되는 로마 시대 소년과 같다. 이 경우, 상으로 주어지는 처녀는 케이트 헤퍼일 것이다. 만약 이 경기에서 레이철이 이긴다면 케이트를 마음껏 도륙할 것이다. 그 상은 레이철의 것이니 마음대로 할 수 있다.

씨발, 레이철이 마우스피스를 낀 채 내뱉지만, 입 밖으로 새어 나온 소리는 "플라!"다. 레이철이 케이트 헤퍼의 복부에 한 방을 꽂기 직전이다.

★★★

　레이철은 남자가 되는 게 여자로 사는 것보다 낫다고 생각하는 게 아니다. 여자라는 정체성을 버리고 싶은 생각도 없다. 다만 (착한 딸이 되라는) 그 말 자체가 마치 속이 투명하게 내비치는 재킷 같은 걸 항상 입고 있는 것처럼 느껴진다. 엄마가 뭔가 시키면서 이 말을 할 때도 레이철의 귀에는 투명 비닐 코트를 입으라는 말처럼 들린다. 어떻게 말이 이렇게 느껴질 수 있지? 레이철은 의문을 품는다. 어떻게 말이라는 게 이렇게 역겹고 모조품처럼 느껴질 수 있지?

★★★

　착한 아들, 레이철이 중얼거린다. 그 말을 정확하게

발음하려고 입에 더 힘을 준다. 케이트 헤퍼는 레이철의 마우스피스를 낀 치아 사이로 새어 나오는 그 단어들을 듣는다.

★★★

착한 아들? 케이트는 생각한다. 대체 내가 뭘 했다고 이런 모욕을 받아야 하지? 살면서 모두가 케이트에게 이런 말을 했다. 착한 딸이 있어야 할 자리와 해야 할 역할이 있다고. 케이트, 너는 착한 딸이니 여기에 네가 따라야 할 규칙과 지시 사항들이 있다고. 그대로만 하면 착한 딸이라는 너의 자격은 입증되고, 인정받고, 보증될 거라고.

우리 모두 동의해, 케이트는 어머니가 그렇게 말하는 모습을 상상한다. 우리 모두 네가 착한 딸이라는 점에 동의한다고.

하지만 이 시합에서 져도 여전히 착한 딸일까? 어쩌면 지금은 지는 것이 이기는 것으로 치부되는 상황일지도 모른다. 여기서 지면, 부모님은 내심 기뻐할지도 모른다. 딸의 다음 시합들을 보려고 리노에 더 머무르지 않아도 되니까.

★★★

케이트 헤퍼는 그동안 이 시합에 지나치게 큰 의미를 부여해 왔다. 몇 달 동안, 다른 모든 순간이 이 순간을 중심으로 돌게 되리라 생각했다. 그는 그동안 달린 거리를 기록하고, 섭취 칼로리를 계산했다. 기억 속에 간직해 둔 원주율의 자릿수를 다시 외우고, 심지어 그걸 말하는 연습까지 했다. 케이트는 자신의 승리를, 그리고 그 순간 부모님의 얼굴에 활짝 피어오를 기쁜 표정을 상상해 왔다. 도터스 오브 아메리카 대회장은 훨씬 멋질 줄 알았는데. 케이트가 다니는 시애틀 체육관에 비하면 완전 똥통이다. 커튼 하나 없고, 천창은 더러워서 거기로 들어오는 햇빛마저 탁하고 흐릿해 보인다. 링은 중고품 같다. 아니, 최소한 중고 거래 사이트에서 한 번 이상 거래됐던 물건처럼 보인다. 그 사이트에서 복싱 링 하나랑 바꿀 수 있는 게 뭘까? 케이트는 생각한다. 엄청 멋진 전동 스쿠터 정도? 아니면 노천 수영장? 아니면 방 몇 개에 페인트를 칠해 주는 노동력 정도?

★★★

케이트 헤퍼는 이 시합에서 이기길 원한다고 생각하

지만, 시간이 흐를수록 이긴다 해도 정말 바라던 영광을 얻을 수 있을지 점점 자신이 없어진다. 이게 이겨도 정말 이긴 게 되는 싸움일까? 케이트는 유명한 여자 수영 선수 둘을 떠올린다. 인터넷에 의하면 둘은 세계 1등과 2등이다. 케이트는 이 순서가 맞다는 걸 확인해 뒀다. 하지만 2위가 훨씬 더 유명하다는 게 문제다. 2위인 선수(그러니까 패배자)가 모든 시리얼 박스와 스포츠 광고와 수경 광고에 등장한다. 심지어 여자 청소년을 후원하는 자선 단체조차 그 2등 선수를(선수의 얼굴을) 이용해서 자기 단체가 세상에서 아주 유용하고 대단한 일을 하고 있으니 사람들의 돈과 관심과 찬사를 받을 가치가 있다고 주장한다.

이 경우가 바로 이겼지만 진 거로 치부될 수밖에 없는 예가 아닐까, 케이트 헤퍼는 생각한다. 혹시 그 2위 선수가 케이트는 모르는 다른 시합에서 우승한 게 아니라면 말이다. 어쩌면 그 다른 시합은 수영 시합이 아니었을지도 모른다. 어쩌면 그 시합은 선수가 얼마나 잘 순응하는가에 점수를 매긴 것이었을지도 모른다. 특정한 방식에 따라 착한 딸이 되어 행동하고 말하고, 무엇보다 사회가 부여한 역할에 어울리는 용모를 갖추고 그에 맞춰 말하는 그런 시합이 아닐까?

이기는 게 항상 이기는 건 아니야. 케이트 헤퍼는 확신한다. 그 순간 레이철 도리코의 펀치가 케이트의 갈비뼈에 꽂힌다. 갈비뼈 하나가 안으로 쑥 꺼지는 느낌이 든다. 위쪽으로, 안쪽으로, 살짝 들어가는 느낌. 케이트는 마치 싸구려 플라스틱 포크처럼 갈비뼈가 휘어지면서 포크 날이 양쪽에서 힘을 받아 찌그러지는 감각을 느낀다. 이러고 나면 나중에 새빨간 멍이 생길지도 모른다. 하지만 아닐 수도 있다. 어쩌면 보라색 멍이 피어나지 않을지도 모르고, 근육으로 둘러싸인 배가 충격을 그냥 흡수할지도 모른다. 어쩌면 그가 조금은 반격할 수 있을지도 모른다. 아마도 부모님이 그걸 볼 수 있겠지. 아직, 이 싸움을 완전히 빼앗긴 건 아니다.

착한 딸보다 더 끔찍한 건 착한 개야, 레이철 도리코는 생각한다. 레이철은 개를 사랑하지만, 사람들이 짜증스러울 정도로 가늘고 높은 목소리로 칭얼거리듯 그에게 말을 거는 건 딱 질색이다. 사람들은 개에게 착하지, 라고 말할 때와 같은 목소리로 아이한테 말한다. 집에서 레이철은 어머니가 동그래진 눈으로 강아지에게 달콤하게 속삭이며, 착한 개라고 말하는 모습을 지켜본다. 레이철의 어머니는 강아지가 자신의 동작과 관심과 시간을 구분할 능력이 있는지 시험하기라도 하듯 강아지 앞에서 고개를 이리저리 흔들어 보인다.

★★★

레이철은 절박하지 않은 사람과 싸우는 걸 끔찍이 싫어한다. 그래서 케이트 헤퍼와 싸우는 것도 싫어지기 시작한다. 승부에 마음이 없는 애랑 싸워서 뭐 한단 말인가? 이 시합이 지긋지긋해서 어서 끝내 버리고 케이트 헤퍼 눈에서 눈물이 나게 만들고 싶다. 쟤 좀 봐! 레이철은 생각한다. 저 슬퍼 보이는 눈을 보란 말이야!

★★★

5, 9, 2, 3, 0, 7. 케이트 헤퍼는 속으로 숫자를 되뇌며 코로 숨을 몰아쉰다.

★★★

한 방만 더 먹이자, 레이철 도리코는 생각한다. 한 라운드만 더 뛰면 케이트 헤퍼가 죽는 걸 보게 되겠지.

★★★

레이철 도리코의 오른팔은 수없이 당겼다 놓은 고무줄 같다. 그 팔이 휙 소리를 내며 케이트 헤퍼를 후려친다. 케이트는 맞을 때 움찔하지만 물러서는 대신 앞으로 나간다. 얼굴을 내주고, 두 손은 앞으로 축 늘어진 게 레이철 도리코에게는 서투르게 포장한 선물처럼 보인다. 케이트는 몸으로 말하고 있다. 내 얼굴이야, 가져도 돼. 여태껏 입을 다물고 있던 케이트 헤퍼의 코치가 가드를 올리라고 소리를 지른다. 케이트는 평소엔 코치 말을 잘 듣고, 코치가 하라는 대로 하는 편이지만 더는 도터스 오브 아메리카 대회가 자신을 중심에 두고 돌게 하고 싶지 않다.

★★★

남의 비위를 맞추려는 욕망은 결국 고립되지 않고자 하는 욕망이다.

★★★

케이트 헤퍼가 복싱을 처음 시작한 계기는 초대를 받

왔기 때문이었다. 그 초대는 케이트가 고등학교 1학년 때 친해지고 싶었던 한 소녀의 사소한 말에서 비롯됐다. 케이트를 초대한 그 소녀는 스파링 캠프에 몇 번 같이 갔지만, 결국 그만뒀다. 케이트 헤퍼는 남자들만 있는 체육관에 혼자 남았다. 여자아이가 있기엔 이상한 곳이었지만, 적어도 그곳에서 케이트는 어른들이 하라는 일을 아주 잘 해냈다.

★★★

레이철 도리코의 펀치가 케이트 헤퍼의 얼굴에 꽂히는 순간, 케이트는 같이 복싱하자고 했던 소녀가 혹시 자신을 좋아했던 건 아닐까 하는 생각을 한다. 케이트는 누군가가 어울리고 싶어 한 그런 사람이었을까?

★★★

관중들(팬이 아니라 대체로 대회에 참가한 다른 선수들)은 레이철 도리코가 케이트 헤퍼를 잡아먹고 있다는 걸 알 수 있다. 레이철이 케이트의 복부를 한 입씩 뜯어먹고 있는 듯한 느낌이 든다. 케이트의 파괴 행위에는 묘하게도 어떤 부드러움이 깃들어 있다.

★ ★ ★

경기를 지켜보는 사람들은 이제 알아차리고 있다. 케이트 헤퍼가 더는 이기는 것이 항상 승리라고 믿지 않는다는 것을. 지금 이 시합은 케이트의 마음속에서 반드시 이겨야 하는 절박한 상황에서 그냥 무기력한 순간으로 옮겨 가고 있다는 것을. 어떻게 된 일인지 케이트 헤퍼는 이 시합의 한가운데에서 기적처럼 알게 된다. 자신이 그토록 중요하게 여겼던 이 순간, 다른 모든 순간이 이 순간을 중심으로 맴돌 거라고 믿었던 이 시합이 실은 자기 삶에서 아무 의미도 없다는 걸.

★ ★ ★

체육관 전체가 케이트 헤퍼의 이런 정신적 붕괴의 냄새를 맡을 수 있었다. 모든 부모 관중과 모든 선수가 알아챘다. 케이트가 이 시합을 의미 없는 사건으로 바꿔 가고 있음을. 이 시합은 케이트의 중요도 순위로 볼 때 가장 신성한 순간에서 가장 의미 없는 순간으로 빠르게 추락하고 있었다. 링 뒤쪽 좌측 중앙에 앉은 케이트의 어머니는 그걸 느끼고, 조용히 긴장을 푼다. 그는 시애틀에서 직접 운전해 케이트를 데려왔다. 복싱을 좋아하지 않고, 딸이 대회에 나가는 것도 온전히 응원하기 힘들었다. 하지만 케이트처럼 체형이 땅딸막한 여자아이에게는 (아버지를 빼다 박은 그 그리스식 코까지) 평범한 여자아이들에게 적용되는 모든 규칙과 시간을 어떻게 보내야 한다는 사회적 통념이 좋지도, 적절하지도 않아 보였기 때문에 그런 것들을 마음에 둘 필요가 없다고 생각했다.

죽여 버리겠어, 레이철 도리코는 생각한다. 케이트 헤퍼를 죽이고, 저 아이가 우는 모습을 볼 거야. 레이철은 오른쪽으로 펀치를 날리는 척하다가 바로 왼쪽으로 돌아 원투 컴비네이션으로 케이트 헤퍼의 눈을 정통으로 때린다. 케이트 헤퍼의 눈이 바로 붓기 시작한다. 부기가 정상 속도보다 너무 빨리 퍼진다. 계속 그렇게 팅팅 부어 봐라. 이 망할 뚱땡이 눈깔아. 통통 부어서 닫혀 버리라고, 레이철은 생각한다.

★★★

　레이철 도리코는 다시 케이트의 그 눈을 칠 준비를 하지만, 그때 라운드가 끝나고, 레이철은 이 싸움을 끝내기 전에 남은 시간을 링 위에서 서성거린다. 난 이 시합에 오려고 동전 하나까지 모았어. 레이철은 생각한다. 내가 가진 돈을 몽땅 다 저축했다고. 너는 몇 개나 모았니? 레이철은 생각한다. 레이철은 케이트의 치아 사이에 그 동전들을 한 줄로 세워 놓고, 마우스피스를 뱉어 버리게 만든 뒤, 그 동전들을 다 씹게 해서 남아나는 이빨이 없게 하는 상상을 한다.

　가장 연로한 심사 위원이 진심으로 케이트 헤퍼의 안전을 걱정한다. 레이철 도리코는 연쇄 살인마처럼 보인다. 케이트 헤퍼를 갈아서 햄버거 패티로 만들고 싶어 하는 사람처럼 보인다.

　이제 레이철 도리코와 케이트 헤퍼는 같은 종족으로

보이지 않는다. 레이철 도리코의 시선이 케이트의 어깨 위를 좌우로 미친 듯이 오가고 있다. 케이트의 얼굴은 벌겋게 터진 실핏줄로 얼룩지고 퉁퉁 부었다.

★★★

 사정없이 두들긴 송아지 고기 같은 레이철의 다리에서 땀이 흐른다. 머리카락도 관자놀이에 찰싹 달라붙었다. 레이철은 케이트보다 키가 훨씬 커서, 그의 헤드기어는 바다를 배경으로 우뚝 솟은 도시의 최고층 건물처럼 웅장해 보인다. 정오의 햇살이 밥의 복싱의 전당 채광창을 뚫고 들어와 관중들의 정수리에 꽂힌다. 여기저기 흩어져 있는 의자에 앉거나, 기대거나, 서 있는 관중은 마치 법정의 증인들처럼 보인다. 레이철 도리코는 시합이 끝난 후 누군가가 그들을 인터뷰해 줬으면 싶다. 그는 이렇게 묻고 싶다. 그거 봤어요? 케이트 헤퍼가 아무 데도 닿지 않을 숫자를 세고 있는 거요. 레이철이 케이트를 착한 아들이라고 부르는 거 들었어요? 두 소녀 모두 착한 개는 되기 싫다고 말하는 거 들었어요? 그리고 레이철이 케이트에게 입안 가득 동전을 욱여넣고 씹게 만들어서 결국 케이트의 이빨이 다 부서져 버린 거?

★★★

플라! 레이철 도리코가 마우스피스를 낀 채 말한다. 마지막 라운드가 시작됐다. 레이철은 케이트 헤퍼의 고통을 끝내 줄 방법을 머릿속으로 굴린다. 케이트 헤퍼는 이제 앞으로 나서지도 않는다. 그저 크게 숨을 몰아쉬며 얼굴만 가릴 뿐.

케이트의 부모는 비록 돈을 많이 써서 이 먼 곳까지 왔고, 딸을 지지하기 위해 직장에서 시간을 뺐으며, 딸이 뭔가에서 최고가 되기를 응원했지만, 이 시합에서 케이트가 진다고 해도 그렇게 슬퍼하진 않을 것이다. 케이트가 이 분야에 잘 맞아 보이는 건 사실이지만 최고가 될지는 확신할 수 없었기 때문이다. 외모가 이런 딸을 두고 부모가 뭘 할 수 있겠는가? 지금 레이철에게 하도 두들겨 맞아서 한쪽 눈이 벌겋게 퉁퉁 부은 케이트의 몸은 케첩이 잔뜩 묻은 바비큐 파티의 종이 접시 같다. 케이트의 얼굴이라는 종이 접시 위로 케첩이 줄줄 흘러내리는 바람에 흠뻑 젖어 형체를 알아볼 수 없을 만큼 망가지고 다시는 쓸 수 없는 물건이 되어 버렸다.

★★★

케이트의 부모는 딸에게 응원의 말을 외친다. 넌 할 수 있어, 케이트! 잘한다, 그래야 우리 딸이지! 다만 체육관에 있는 사람들 모두 케이트가 곧 질 거라는 걸 알고 있다.

★★★

레이철 도리코의 할머니는 아무 말도 하지 않는다. 그저 지금 이 장면에 압도당했을 뿐이다.

★★★

결국 마지막 라운드가 끝나고, 심판은 레이철의 승리를 선언한다. 케이트의 맞은 눈은 이제 테니스공만 하게 부었다. 모두, 그중에서도 특히 케이트 헤퍼 본인이 이 시합이 끝났다는 사실에 크게 안도한다. 심판이 레이철의 손을 번쩍 들어 올린다. 레이철의 눈이 모든 증인을 둘러본다. 레이철은 자신의 보조 코치와 할머니 말고는 아는 사람이 없지만, 이 순간 그들 모두가 레이철 도리코를 알게 된다. 레이철의 가슴이 위아래로 격렬하게 들썩인다. 그는 코너로 돌아가 앉아 마우스피스를 뱉고, 글러브를 고정한 덕트 테이프를 이로 물어뜯기 시작한다. 테이프 찢어지는 소리가 양철 체육관 안에 요란하게 울려 퍼지지만, 증인들의 말소리와 다음 경기를 준비하는 소리에 묻혀 버린다. 심판들과 심사 위원들은 점심시간이라 담배를 피우러 밖으로 나간다.

케이트 헤퍼는 링 밖으로 기어나와 부모의 품속에서 울고 있다. 부모는 케이트의 땀에 젖은 몸을 레이철과 다른 소녀 복서들의 시선으로부터 가려 준다. 케이트는 지금 자신이 우는 이유가 어떤 분야에서 최고가 될 수 없다는 걸 알았기 때문임을 안다. 지금껏 살아오는 동안 이런저런 일을 겪으며 케이트는 그 모든 시간과 사건들이 자기를 중심으로 돌고 있으며, 그 일들은 그의 욕망을 실현하기 위해서만 존재했다고 믿어 왔다. 하지만 이제 케이트는 피를 흘리고 있고, 욕망은 확실히 사라졌으며, 자신이 요구한다고 주어지는 것이 아니라는 사실을 깨달았다. 그래서 케이트는 자기 욕망의 역사 자체를 새롭게 상상해 내고 결심한다. 나는 애초에 이 경기에서 이기고 싶었던 게 아니고, 세계 최고 복서가 되고 싶었던 것도 아니라고. 그저 사람들이 너는 잘할 거라고 해서 해 본 것뿐이라고. 그리고 나중에 부모와 함께 시애틀로 돌아가는 차 안에서 이 마음을 전할 것이다. 케이트는 부모에게 이렇게 말할 것이다. 나는 한 번도 복싱에서 세계 최고가 되고 싶었던 적이 없어요. 그러면 케이트의 어머니는 그 터무니없는 소리를, 며칠 전까지만 해도 케이트가 직접 했던 말과 완전히 모순되는 그 말을 굳게 지지해 줄 것이다. 물론 아니지, 얘야. 천박한 여자애들이나 세계 최고 복서가 되는 거야.

이렇게 자기가 바라는 현실을 고쳐 쓸 수 있는 능력 덕분에 케이트 헤퍼는 자기 삶의 모든 서사를 자기 충족적인 진실로 바꿀 수 있게 된다. 그는 이런 식으로 현재 자기를 둘러싼 세상에 대한 인식에 맞는 사건들만 인지하고 기억할 수 있는 것이다. 훗날 웨딩 플래너가 된 케이트 헤퍼는 자기가 담당하는 신부 고객들도 똑같은 전략을 쓸 수 있도록 조련한다. 오늘이 당신 인생 최고의 날이에요. 케이트가 고객들에게 그렇게 말하면, 고객들은 그를 바라보며 자기 안의 욕망을 다시 떠올리고, 다시 상상하고, 다시 배열한다. 그렇게 해서 자신 있게 반응할 수 있는 정확한 순서로 욕망을 정리하고 이렇게 말한다. 맞아요, 오늘은 내가 살아온 모든 날 중에서, 그리고 앞으로도 최고의 날이 될 거예요.

케이트 헤퍼, 케이트 헤퍼를 응원해 온 부모님, 그리고 장차 케이트의 고객이 될 신부들과의 교감까지, 모두 함께 대회를 끝낸 케이트를 축하하기 위해 그가 직접 고른 고급 식당으로 향한다. 이것은 경기 결과와 무관하게 케이트가 마땅히 받아야 할 보상이며, 항상 받게 되어 있는 보상이다. 점심 먹는 자리에서 아무도 말하지 않지만, 케이트가 다시는 링에 서지 않으리라는 걸 모두 알고 있다. 그는 이 연령대에서는 나이가 많은 편이고, 대학 리그로 올라갈 생각도 없으며, 이건 그저 한 번 해본 거지, 진지하게 한 것도 아니었고, 정말로 간절하게 원한 것도 아니었으니까. 졌다고 상처받을 만큼 대단한 것도 아니고, 어떤 식으로든 자신의 진정한 일면을 엿보게 될 만큼 강력한 것도 아니었으니까.

밥의 복싱의 전당에서는 점심시간이 끝나 가고 있다. 증인들은 이리저리 흩어져 다니거나 체육관 안을 빙빙 돈다. 그들의 그런 모습과 걸어 다니는 패턴을 보자 레이철 도리코는 닭장 속 닭들이 떠오른다. 케이트가 부모와 함께 떠났기 때문에 관중은 이전보다 줄었다. 이러다 2라운드 경기가 시작할 즈음엔 링 위의 선수들과 그들이 머릿속으로 생각하는 사람들만 남겠는데, 레이철은 생각한다. 레이철은 짧은 손톱으로 껍질을 벗겨 낸 오렌지를 먹고 있다. 그는 시합 때 복장을 그대로 입고 있었지만, 신발은 발목까지 올라오는 운동화로 갈아신고, 헤드기어는 벗고, 이상한 모자로 바꿔 쓴 상태였다. 자신의 이상한 모자 철학을 쓸 수 있다는 것만으로도 집에 돌아온 느낌이 든다. 리노의 날씨는 아주 뜨겁고, 체육관도 너무 더워서 방금 승리를 거둔 그가 대니얼 분 스타일의 너구리 털모자를 쓰고 있는 건 정말 누가 봐도 이해할 수 없었다. 모자의 꼬리는 뒤를 향하고 있다. 레이철은 더위와 시합에서 나온 열기와 목과 귀를 덮은 털 때문에 땀을 억수같이 흘리고 있었다. 오렌지의 단맛이 끝내줬다. 이 오렌지즙을 정맥 주사기로 몸속에 바로 넣을 수 있을지 궁금했다. 그 즙이 혈액을 따라 송아지 커틀릿 같은 다리로 바로 내려가면 정말 좋을 텐데. 레이철은 오렌지의 하얀 껍질막을 조심스럽게 떼어 내고 있다. 다들 다음 시합을 준비하느라 레이철을 보는 사람은 아무도 없다. 레이철 도리코는 혼자 승리를 끌어안은 채 체육관 구석 바닥에 앉아 오렌지를 먹고 있다. 아무도 그를 축하하지 않는다. 그렇게 끈질기게 버티다니 정말 대단했어요, 라고도 말하지 않는다. 레이철의 할머니는 생수를 한 병 사려고 밖으로 나갔다. 레이철은 사람들이 자기를 보기는 하지만 제대로 인식하지는 못한다고 생각한다. 사람들은 그가 싸우는 모습을 봤다. 레이철은 그들이 자기를 지켜보는 걸 지켜봤다. 하지만 한 소녀가 싸우는 모습을 본 게 아니라 단지 산불이 느리게 차근차근 몸집을 불리는 모습을 목격한 것인지도 모른다. 경기 내내 레이철은 케이트의 몸이라는 산을 천천히 검게 그을린 굵은 선으로 가로질러서 케이트의 진을 빼다가 결국 무너뜨렸다. 결국 케이트는 화마가 훑고 간 잿더미 속에 남겨진 수없이 많은 잔해 중 하나가 되어 살아 숨 쉬던 존재에서 손만 대도 바스러지는 불에 탄 나무의 몸통이자, 문지르면 검은 숯 자국만 남는 껍데기로 근본 자체가 변해 버렸다.

점심시간이 끝났지만 레이철 도리코는 여전히 구석 바닥에 혼자 앉아 있다. 그의 시야에 다음 시합에 나설 소녀들이 줄을 맞춰 들어오는 모습이 보인다. 둘은 자매처럼 보인다. 둘 다 헤드기어 밑으로 땋아 내린 긴 갈색 머리가 삐져나와 있다. 심판이 두 소녀에게 다가가 글러브 안에 납덩이가 들어 있지 않은지 개별적으로 확인한다. 심판은 글러브 하나에 손을 넣어 보고, 또 다른 글러브에 손을 넣어 본다. 글러브를 손에 끼우고 테이프로 고정한 두 소녀는 이제 자매처럼 보이지 않는다. 한 명은 허리를 곤추세우고 있고, 한 명은 허리를 숙이고 낮게 웅크린 자세를 하고 있다. 구부정하게 서 있는 아이는 코 밑에서 시작해 입 위까지 자주색 모반이 퍼져 있다. 색칠 공부 책에 잉크가 번진 것처럼 생긴 모반이다.

레이철 도리코는 사람들이 서로 때리는 모습을 보는 게 좋다. 그럴 때마다 항상 마음속으로 누가 이길지 내기를 걸어 본다. 이번 시합에서는 잉크가 번진 것 같은 자주색 모반이 있는 소녀에게 건다. 레이철 앞에서 아르테미스 빅터가 링을 보며 서 있다. 그는 이 세 번째 시합에 나온 두 소녀를 작년 여름, 지역 대회에서 각각 상대해 본 적이 있다. 레이철 도리코는 여전히 구석에 앉아 아르테미스의 등 근육을 보고 있고, 아르테미스는 링 위의 두 소녀가 발을 풀며 제자리에서 점프하는 걸 본다. 그는 항상 선수가 워밍업할 때 발을 어떻게 구르고 착지하는지를 먼저 본다. 체육관 안의 모두가 링을 바라본다. 종이 울리고 첫 펀치가 자주색 입술의 소녀에게 꽂힌다. 경기 초반인데 득점으로 이어지는 펀치가 벌써 여러 번 나왔다. 보아하건대 이번 시합은 정말 좋은 경기가 될 것이다. 그래서 이번 경기의 열아홉 명의 증인들, 링 밖에 있는 사람들 모두 자리에서 일어나, 팔짱을 끼고, 로프 가까이에 몰려든다.

이지랭

vs.

이기랭

미시간주 더글러스의 한 마을 광장 한가운데에 전쟁 중 사람을 구한 개의 동상이 있다. 이기 랭도 전쟁 영웅이 되어 자신의 동상이 공원에 세워질 수만 있다면 뭐든 할 생각이 있다. 마을 광장에 서 있는 동상이 되어 사람들이 지나가다 만져 보고, 애정과 기쁨을 담아 이야기를 나누는 존재가 될 수만 있다면 사람을 죽여도 좋고 사람에게 죽어도 좋고, 아니면 자기 몸이 개로 바뀌어도 좋을 것 같았다. 어쩌면 난 그냥 개가 되고 싶은 걸지도 몰라, 이기는 생각한다. 이기의 입술 위쪽에는 자주색 얼룩이 있는데, 그것 때문에 이미 표식이 찍힌 동물 같아 보인다. 그 얼룩 덕분에 사람을 좋아하지 않고 살아올 수 있었다고 이기는 생각한다. 자기가 아는 사람들은 하나같이 생각이 단조롭고 텔레비전에만 빠져 산다. 이기는 그저 무언가에서 세계 최고가 되고 싶은 마음뿐인데, 지금 그런 셈이다. 그는 세계 최고 십오 세 복서 중 하나니까. 이 대회에 출전할 수 있는 기간은 앞으로 삼 년 남았고, 열여덟이 되면 연령 제한으로 출전할 수 없지만, 그때쯤이면 챔피언이 되어 있을 것이다. 이기는 이 시합에서 이길 거고, 그다음 시합에서도 이길 거니까. 그다음엔 사람들이 좋아하는 1940년대 점박이 래브라도리트리버로 변신해 누군가가 그 동상을 만들어 초록빛 잔디 위에 세우게 할 것이다.

밥의 복싱의 전당 외관은 스티로폼처럼 보인다. 손톱으로 꾹 눌러서 파낸 그 스티로폼 조각들을 코티지 치즈 그릇에 섞어 넣어도 아무도 모를 것 같다.

어른들, 대체로 사람들은 늘 이기에게 입술 위에 있는 자줏빛 얼룩이 중요하지 않은 이유를 말해 준다. 마치 그게 이기의 인생에 장애라도 된다는 듯. 이기는 정말 그걸 이해할 수 없었다. 정작 신경 쓰이는 건 고르지 못한 치열인데. 복싱을 시작한 이유 중엔 그것도 있었다. 이기는 사촌 언니인 이지가 시합하는 걸 봤을 때 언니가 입속에 끼고 있는 마우스피스가 탐났다. 와우, 저거 내가 끼면 끝내주게 잘 어울릴 텐데, 이기는 생각했다. 이기가 열네 살이던 일 년 전의 일이다.

미시간 더글러스의 도시 구조는 어디서나 볼 수 있고, 어디든 될 수 있을 것처럼 평범했다. 이 소녀 복서들에게 세상은 그렇게 느껴졌다. 그들은 직접 운전하거나 부모님이 운전하는 차를 타고 머나먼 시골, 아무것도 아닌 것처럼 보이는 곳까지 간다. 가끔은 그럴듯하게 생긴 동네도 여전히 밤의 복싱의 전당처럼 스티로폼 느낌을 물씬 풍긴다. 그곳엔 실제 지붕보다 높이 솟은 외관, 낚시용품점이 있는 쇼핑몰들, 끝없이 펼쳐진 주차장이 있다. 시합이 열리는 곳마다 그 주차장들이 소녀들을 맞이한다. 주차장은 집에서 머나먼 주에 있는 체육관까지 그들을 실어 나르는 콘크리트 활주로다. 조명은 장소마다 다르고, 운동 기구의 촉감도 다르다. 그리고 심판들은 대체 어디서 데려오는 걸까? 누구네 언니 남자 친구랑 한통속 아니야? 심판들은 같은 얼굴이지만 매번 다르다. 모두 남자로 소녀들의 눈엔 한결같이 고대 유물처럼 늙어 보이지만, 실제로는 스물여섯부터 쉰다섯까지 다양한 연령 대다.

선수들 모두가 구독하는 잡지, 경기에 출전하려면 반드시 구독해야 하는 그 여자 청소년 복싱 협회의 잡지는 여자 청소년 복싱 프로그램에 소속된 체육관들을 소개하지만, 언제나 짤막한 기사에 화질도 나쁜 사진을 싣는 게 전부다. 이기 랭은 거기에 밥의 복싱의 전당이 실린 걸 처음 봤을 때를 기억한다. 그때는 그게 무슨 건물인지조차 분간할 수 없었다. 월마트 같기도 했고, 다른 체육관 같기도 했다.

첫 경기부터 이지와 이기가 붙다니 정말 운도 없지. 물론 둘은 그동안 수없이 싸워 왔지만, 이기는 이번이 도터스 오브 아메리카컵 첫 출전이고, 이지는 두 번째다. 이지는 열일곱, 이기는 열다섯. 사촌 동생이 복서라니 너무

하지 않나. 이지는 이기가 끔찍하게 싫다. 이기의 자줏빛 입술도, 사람들을 빤히 쳐다보는 시선도 싫다. 이기는 사람들을 볼 때 당최 거리낌이란 게 없다. 자줏빛 입술에 불타오르는 듯한 시선으로 사람을 바라본다. 이기가 마우스피스를 끼고 있을 때만 입을 여는 것도 싫다. 마우스피스를 끼고 미소를 지을 때면 붉은 플라스틱을 감싼 이기의 자줏빛 입술이 마치 고깃덩이를 휘감은 핏줄처럼 보인다.

★★★

이기와 이지는 같은 유전자로 찍어 낸 것처럼 얼굴도 닮았다. 하지만 이기는 입술 위에 보라색 모반이 있고, 이지는 키가 조금 더 작다. 하지만 경기에서는 이기가 더 낮게 자세를 잡는다. 둘 다 근육이 잘 붙는 체질이다. 둘의 등 근육은 마치 줄이 한 가닥씩 박혀 있는 것 같고, 복근은 칸칸이 나뉜 점토처럼 단단하다.

★★★

이기와 이지, 둘은 나이를 가늠하기 힘든 외모다. 이마 쪽 피부가 바짝 긴장돼서 그런 걸까. 이마는 팽팽하지만, 햇볕에 그을리고 군데군데 살짝 주름져 있다. 그 주름 때문에 서른 살쯤 되어 보이기도 하지만 탄탄한 배와 팔다리를 보면 아직 아이라는 걸 알 수 있다.

★★★

모두 나이를 분별할 수 없거나, 나이가 들었거나, 빨간 보호용 헤드기어에 눌려 찌그러져 보인다. 이번 대회에 출전한 소녀 복서들은 그렇게 느낀다.

★★★

이지 랭은 헤드기어를 쓴 자기 얼굴이 끔찍이 싫다. 어서 열여덟이 되어 청소년 복싱을 졸업하고, 헤드기어 없이 맨머리로 싸울 날만을 손꼽아 기다린다. 이지는 케이오 장면을 상상한다. 누군가를 케이오 시키고 또 자신이 케이오를 맞는 장면을 상상한다. 그 순간 시야가 좁아지고, 뇌가 두개골 벽에 세게 부딪친 충격으로 뇌에서 꽃이 피어나듯 멍이 퍼지면서 붓는 장면을 상상한다. 카메라 플래시가 터지고 누군가 외친다. 맙소사, 이지 랭이 한 방 먹었네! 그리고 그 순간이 담긴 사진. 그 케이오 장면은 보통 사람들도(소녀 복서들만이 아니라) 읽는 잡지에 실린다.

★★★

이기와 이지가 싸우는 걸 지켜보는 사람은 열두 명, 그중 넷은 다른 소녀 선수들. 사진 기자는 없다.

★★★

밤의 체육관 조명은 이기 랭과 이지 랭의 희뿌연 시합에 스팽글을 뿌린 것처럼 반짝인다. 이곳의 공기는 먼지로 뒤덮여 있다. 아니, 어쩌면 조명이 너무 밝아서 공중에 떠다니는 먼지 입자 하나하나를 다 비추는 바람에 이기와 이지의 경기 장면에 반짝이는 스팽글이 뿌려진 것처럼 보이는지도 모른다. 두 사람은 물처럼 반짝이는 먼지와 빛줄기들을 밀어내며 서로의 얼굴과 갈비뼈와 뺨을 향해 주먹을 내지른다.

★★★

이기는 이지를 숭배한다. 사촌 동생인 이기는 이지를

동경해서 복싱이라는 심연으로 따라 들어왔다. 이기와 이지, 둘 다 이름이 I로 시작해서 Y로 끝나고, 중간엔 이중 자음이 있어[5] 발음만으로도 조금은 묘한 느낌이 든다. 미시간주 더글러스 같은 동네에서는 이름만으로도 이상해 보이는 소녀들이 흔치 않다. 그러니 어떻게 이기가 이지를 숭배하지 않을 수 있겠는가? 그런데 왜 이지는 어린 사촌 동생이 자기를 따르는 게 그렇게 슬펐을까? 이지가 함께 세계를 향한 음모를 꾸밀 동지이자 복싱이라는 가족 유산을 이어 갈 후계자를 얻게 됐다고 누구나 생각할 텐데. 올해는 이지가 우승하고, 그다음 해에는 이기가 그 뒤를 잇고. 그렇게 도터스 오브 아메리카의 승리와 영광이라는 보석 같은 유산을 물려받으면 되는 것 아닌가.

    이기와 이지가 같이 소속된 고향 체육관에선 코치 수당은 한 명만 받아도 충분하다고 판단했다. 그래서 이번 경기에 이기와 이지는 같은 코치를 공유하고 있다. 그 코치는 지금 링 바깥, 중립 코너에 서 있다. 그는 모두가 이

---

[5] 이기는 Iggy, 이지는 Izzy다.

번 추수 감사절 식사에는 제발 안 오기를 바라는 친척 아저씨처럼 보인다.

이번 도터스 오브 아메리카컵에서 이지는 첫 두 라운드를 이기고, 이기는 그다음 세 라운드를 따냈다. 이기가 시합의 흐름에 취해 너무 흥분하는 바람에 라운드 사이사이 주심과 심판들이 몇 번이나 자리에 앉으라고 지시했다. 앉아요. 앉아, 안 그러면 다음 라운드 몰수됩니다. 그들은 그렇게 말했다.

두 사람의 글러브를 낀 주먹이 스친다. 이기는 상체를 낮게 숙이며 회전하듯 으스대며 걸었다. 이기가 홱홱 움직일 때마다 땋아 내린 머리가 등을 철썩철썩 친다. 이기는 누군가를 깜짝 놀라게 하거나 와! 하고 겁을 주려는 듯 느닷없이 움직인다. 마치 개들이 어울려 놀 때 보이는 공격적인 돌진 같다. 짧게 앞으로 달려 나갔다가 곧 뒤로 물러나면서 어깨너머로 슬쩍 보며 눈으로 말하는 것이다. 따라와 봐, 날 따라오고 싶지 않아? 이기의 빠른 움직임은 그런 식으로 상대 선수이자 사촌인 이지를 자극해서 자신의 몸을 밀어붙이는 지점에 주먹을 날리도록 유도한다. 자, 쳐 봐, 이기는 언니를 자극하려고 몸을 들이대며 말한다. 여기를 치라고.

★ ★ ★

이기와 이지는 이번 대회에 같은 차를 타고 왔다. 이지의 엄마가 스물아홉 시간을 운전하는 동안 둘 다 뒷좌석에 앉아 있었다. 그들은 네브래스카주의 노스플랫과 유타주의 에코에 있는 모텔에서 하룻밤씩 묵었다. 노스플랫에서는 이지 엄마가 잠든 후 술을 찾아 몰래 모텔 밖으로 빠져나왔다. 둘 다 하나도 피곤하지 않았다. 온종일 차에서 멀미에 시달리고 창문을 통해 스며들어 빠르게 지나가는 햇살에 데워진 채 자다 깨길 반복했으니까. 잠든 이지의 엄마는 죽은 사람 같았다. 그는 방에 들어와서 모텔 이불 밑으로 들어가 이기와 이지를 등지고 벽을 향해 돌아눕더니 바로 잠들었다. 모텔 이불은 비닐 느낌이 나는 재질에 장식용 박음질까지 비닐처럼 느껴졌다. 이불 표면에는 갈색 페이즐리 무늬가 거칠고 해상도 낮은 컴퓨터 그래픽으로 인쇄

돼 있었다. 누군가 인터넷에서 페이즐리 무늬를 검색한 후 그걸 침대 크기로 확대해 인쇄해 버린 것 같았다. 이지 엄마는 값싼 비닐 포스터를 덮고 자는 것처럼 보였다. 그런 엄마의 몸은 마치 물을 가득 채운 지퍼백 같았다. 이지는 엄마의 턱이 닭처럼 보인다고 생각했다. 저런 몸, 파마기가 남은 얇은 머리카락, 쿠키 반죽처럼 흐물거리는 목이 있다는 게 불가능하게 느껴졌다. 자는 엄마가 외계인처럼 보였다. 이기는 이지 엄마를 보며 그저 이지 엄마가 자고 있다고 생각했다. 이기와 이지는 형광등이 환한 모텔 현관을 빠져나와 거리로 걸어 나갔다. 두 소녀의 몸이 날렵한 도구처럼 노스플랫을 누볐다. 둘은 자신의 탄탄한 복부가 헐렁한 면 티셔츠와 남자 같은 복서 팬츠의 허리 밴드에 스치는 감각을 느낄 수 있었다. 이기는 편의점까지 걸어가서 맥주 한 캔쯤 살 수 있을 것 같다고 생각했지만, 도착하고 보니 너무 가까운 곳에 있었다. 그래서 둘은 왼쪽으로 꺾어 불도 켜지지 않은 흙길로 들어갔다. 조금 더 걸으면서 장시간 차를 타느라 갇혀 있던 에너지를 다리에서 분출하고 싶어서.

★★★

이기가 복싱을 시작하고 이지를 따라 체육관에 다니

기 시작했을 때, 이지는 입술이 보라색인 어린 사촌 동생이 성가셨는데 그건 지금도 그렇다. 이기가 복싱을 시작한 뒤, 미시간주 더글러스 체육관에 있는 남자애들과 코치들은 항상 둘을 하나로 엮고, 이지에게 마침내 함께 훈련할 상대가 생겨서 잘됐다고 말했다. 하지만 이지는 자기가 체육관에서 유일한 여자였을 때가 좋았고, 남자 선수들과만 싸우는 것도 좋았다. 그들을 이길 때도 좋았고, 질 때도 좋았다. 그와 비교해서 이기는 남자애들과 싸우는 건 좋아했지만, 이길 때만 그랬다. 지면 난리도 그런 난리가 없었다. 주먹을 맞고 지기라도 하면, 침을 뱉고 엉엉 울었다. 가끔은 글러브를 바닥에 던지거나 자신을 이긴 남자애 머리에 던지기도 했다. 지고 나서 우는 날에는 체육관을 뛰쳐나가며 금속 벽을 요란하게 내리치기도 했다. 이기가 소란을 피울 때마다 이지는 헷갈렸다. 그렇게 난리 치는 걸 즐기는 건지, 아니면 지는 걸 참을 수 없어서 그런 건지. 이지는 그런 점에서 훨씬 쿨하고 느긋한 선수다. 그리고 훨씬 조용하다. 그래서 코치들과 남자 선수들은 이지를 더 좋아했다. 모두 패배를 우아하게 받아들이는 사람을 좋아하는 법이다.

★ ★ ★

노스플랫의 어두운 흙길에서 이기와 이지는 천천히 걸었다. 둘은 자매처럼 서로에게 짜증을 느끼면서도 동시에 서로가 편했다. 등 뒤에서 따뜻한 여름 바람이 불어왔다. 들쥐들이 길가에서 허둥지둥 달려가고 있었다. 길가 양옆으로 불 꺼진 집들의 뒷마당이 늘어서 있었다. 그들은 동네의 척추 속에 들어와 있는 것 같았다. 포장도 안 된 이 길은, 원래는 집주인들이 쓰레기를 내다 버릴 때 쓰는 길이었다. 뒷마당에는 대체로 금속 체인 울타리가 쳐져 있었다. 저 앞쪽에 불이 한두 개 켜진 집도 몇 채 보였다. 두 소녀는 자기들이 모텔에서 자는 이지 엄마에게서 헤엄쳐 나온 물고기처럼 느껴졌다. 어둡고 깊은 바닷속에 들어와 여기가 어디인지 알 수 없고, 어디든 될 수 있는 그런 곳에 와 버린 기분이었다.

★ ★ ★

이기와 이지는 미시간주 더글러스 체육관 관장이 항상 둘만 시합 상대로 연습하게 했을 때 짜증이 났다. 똑같은 상대와 계속 붙어 봐야 아무 의미가 없다. 이기는 이지랑 계속 스파링하는 건 끝나지 않는 범죄 수사 드라마를 보는 것 같다고 생각했다. 이기는 너무 지루한 나머지 이기는 데도 싫증이 나서 가끔 일부러 져 주기도 했다.

★★★

네브래스카주 노스플랫의 어두운 동네 골목에서 흙먼지를 차올리며 걷는 두 사람. 그들에게서 동쪽으로 열 시간 떨어진 곳에 미시간주 더글러스 체육관이 있고, 그들 앞에는 네바다주 리노에 있는 밥의 복싱의 전당이 기다리고 있었다. 지금까지 살아온 시간을 모두 합쳐도 서른두 해가 채 되지 않는 이기와 이지는 이번 여름 미시간에서 리노까지 수일에 걸쳐 이어지는 이 기나긴 드라이브가 그들의 인생에서 전환점이 될 것이라 느꼈다. 여기서 다는 아니더라도 많은 것들이 분명해질 거라고. 수많은 주를 지나서 또 다른 너, 나와 동등한 선수, 또 다른 세계에 살면서 나와 똑같이 혼자 주먹을 휘두르며 시간을 보내는 소녀와 맞붙는다는 것은 절대 사소하지 않은 일이다.

★ ★ ★

모텔 카운터에 있는 여자는 자고 있었다. 이기와 이지가 그를 지나쳐서 술을 찾는 모험을 떠나 흙길을 배회하기 시작했을 때, 여자는 약에 취한 것처럼 보였다. 다들 약에 취해 보이긴 하지, 이기는 생각했다. 사람들은 다들 지치거나 졸려 보인다. 카운터에 있는 여자의 머리는 금발이었고 뻣뻣해 보였다. 빵빵하게 부풀리면 베개로 써도 괜찮겠다고 이기는 생각했다. 여자는 책상에 엎드린 채 자고 있었다. 한 손에는 담뱃갑을 쥐고 있었고, 다른 한 손은 불가사리처럼 벌어져 있었다. 보라색 손톱이 새의 발톱 같았다. 근사한 손톱이네, 이기는 생각했다. 보라색 손톱이라니 재미있어. 보라색 손톱이 말한다. 나 파티하러 왔어. 어쩌면 이 아줌마는 방금 파티에서 돌아온 걸까? 어른이 돼서 가는 파티란 이런 걸까? 나도 어른이 되고 싶어, 이기는 생각한다. 나도 어른이 되고 싶고, 챔피언이 되고 싶고, 손톱에 보라색을 칠하고 싶고, 내 뺨을 핥아 주는 개도 키우고 싶어.

★ ★ ★

이지는 이기보다 나이만 많은 게 아니라 복싱도 훨씬

오래 했다. 이지는 자기만의 복싱 세계, 자신이 복서인 세계, 복싱을 통해 영광을 얻을 수 있는 세계를 이 년 전부터 차곡차곡 구축해 왔다. 그렇게 자기만의 우주를 만들기 시작한 후로, 삶의 모든 결정이 복싱을 기준으로 내려졌다. 아침에 언제 일어날지, 어디서 훈련할지, 훈련 후 어디서 일할지, 무슨 옷을 입을지, 머리는 어떻게 묶을지, 어떤 노트를 들고 다닐지, 침대 위에는 어떤 사진을 걸지, 아침에 눈 뜨고 밤에 눈을 감기 직전에 보게 될 사진이 뭔지까지. 복서라는 이지의 자아는 그 속에 너무 깊숙이 묻혀 있어서 그가 과연 그걸 놓아 버리고 누가 유명한지, 여자 복서 세계 1위가 누군지도 모르는 세계, 무엇보다 이지 랭이 누구인지도 모르는 일상적인 현실의 쳇바퀴에 들어올 수 있을지 아무도 알 수 없다.

일 년 후 이지 랭은 시카고로 이사해 그곳에서 평생을 살게 된다. 미시간주 더글러스에서 일리노이주 시카고까지는 차로 두 시간 삼십 분이 걸린다. 그리 멀진 않지만 이지 랭이 고향을 떠났다는 게 분명해질 만큼은 거리가 있다. 이지 랭이 예순 살이 되면 늙어 가는 부모를 보기 위해 일주일에 세 번 그 길로 차를 몰 것이다. 그즈음엔 이지도 은퇴를 앞두고 있을 것이다. 그는 큰 대학의 입학 사무처에서 오랫동안 일하면서, 매년 반복되는 입시 업무 속에서 수없이 많은 행정 업무를 처리했을 것이다. 그는 그 일의 예측 가능성에 감사할 것이다. 마치 건물의 완공 상태를 꼼꼼히 확인하는 시공업자처럼 합격, 대기, 불합격, 등록 확인 상자에 가지런히 정리된 학생들의 지원서를 보며 그 질서 정연한 구조를 만끽할 것이다.

어쩌면 이지 랭은 다른 일을 할 수도 있었을 것이다. 건축가나 시공업자나 배관공이 되었을 수도 있다. 하지만 어쩌면 그가 바란 건 이게 전부였을지도 모른다. 행정 전문가로 살아가는 것도 괜찮지 않나? 이지 랭은 출근길에 가끔 복싱 체육관 앞을 지난다. 체육관 안에서 어린 소녀 복서 두 명이 훈련하고 있다. 그럴 때면 항상 걸음을 늦추고 자석처럼 그 광경에 끌려간다. 체육관 안을 들여다보는 건 마치 자기에게 존재했던 사실조차 잊고 있던 거울을 들여다보는 것과 같다. 예순 살의 이지 랭은 늙은 부모가 있는 더글러스로 가는 길에 어머니에게 말할 것이다. 등이 꼬부라지고 손이 덜덜 떨리는 어머니에게 이렇게 말할지도 모른다. 나 어렸을 때 복싱했던 거 기억나, 엄마? 이기와 내가 서로를 주먹으로 때리려고 했을 때 엄마는 무슨 생각을 했어? 그때 우리가 부탁해서 엄마가 그 먼 길을 운전해 줬잖아. 일은 어떻게 뺐던 거야? 엄마도 한 번쯤은 어린 소녀가 되어 누군가와 주먹을 겨뤄 볼 수 있겠다고 생각한 적 있어?

 난 이지랑 싸우는 게 좋아, 이기는 펀치를 날리는 도중에 생각한다. 이지를 이겼을 때 이지의 표정이 정말 좋아. 내가 이겼을 때 느낌은 그야말로 최고야. 이기에겐 그게 세상에서 제일 중요하다. 가장 중요한 무언가에서 누군가를 이긴다는 건 파리를 짓누르는 것과 같다. 납작해진 파리의 배에서 내장이 터져 나오는 걸 두 눈으로 볼 수 있다.

 이기가 스스로 구축한 세계에서, 이기와 이지는 가족의 사랑과 존중을 두고 싸우는 중이다. 이지가 두 살 많지만, 둘은 동등하게 맞서 싸운다. 이기의 세계에서는 이지와 함께 올림픽을 준비할 수도 있다. 콜로라도 어딘가, 고지대 훈련 센터가 있는 도시로 이사해 같은 집에서 지낼 수도 있다. 그곳에서 피가 묽어지도록 단련하고 밤에는 깨끗한 공기를 마음껏 마시는 것이다. 이기는 혈액 도핑에 대해 읽은 적이 있는데, 누군가 장비만 주면 당장이라도 시도할 수 있다. 그는 산소가 잔뜩 들어간 자기 피가 입술처럼 자주색일 거라고 상상한다. 모두 그 자주색 입술에 이기의 모든 힘이 모여 있음을 알고 있다. 이기는 그 입술로 부모가 자기에게 거짓말하는지 알 수 있고, 언니가 뭔가를 먹고 취했는지, 일주일 뒤에 비가 올지도 알아챈다. 이기가 염력이 있는 아이란 말은 아니다. 그저 무언가를 보고 느끼는 능력 덕분에 자신이 남들보다 낫다는 걸 알 뿐이다. 이기는 자신이 보통 사람들과 다르고, 자기를 열등하게 보는 사람들이 많다는 사실도 안다. 미시간주 더글러스 사람들은 대부분 이기를 모른다. 더글러스에 복싱 체육관이 있다는 사실을 모르는 사람도 많다. 더글러스 체육관에는 열네 살, 열다섯 살, 열일곱 살 소녀들이 있다. 그들은 자기를 위해 구축한 세계를 위해 싸우며, 그 속에서 그들의 몸은 두려움과 힘과 전설을 표출할 가능성을 품고 있다. 이기는 이번 리노 시합의 결과가 더글러스에 전해지리라 생각한다. 그가 알고 좋아하는 사람들, 그리고 알지만 싫어하는 사람들 모두 작은 마을에서 사촌지간인 복싱 신동들의 대결에서 나온 승리의 소식을 듣게 될 것이다. 분명 여자 청소년 복싱 협회 잡지도 이토록 대등하면서도 기이하고 치열한 사촌 복서들의 대결을 보도하지 않을까? 이기에게 승리는 중요하지 않다. 중요한 것은 자신이 전설이자, 시작과 중간, 그리고 끝이 있는 더 큰 이야기의 일부가 되는 것이다.

이기가 쌓아 올린 복싱 세계는 리노의 경기장 안 공중에 마치 대형 서커스 원반처럼 걸려 있다. 그 위에 이지의 세계가 얹혀 있고, 그 위 천장 가까이에 다른 소녀 복서들이 각자 쌓아 올린 세계들이 걸려 있다. 그 세계들은 마치 여기저기 긁힌 얇은 원반처럼 층층이 쌓여 있다. 링의 한가운데 서면, 다른 소녀 복서들이 구축한 세계들의 구멍을 통과해서 자신의 마음을 위쪽으로 계속 올려 보낼 수 있다. 그 세계를 하나씩 통과할 때마다 각자 상상하는 다양한 미래와 삶의 방식을 볼 수 있다. 아르테미스 빅터와 앤디 테일러의 세계는 천장에서 가장 가까이에 있다. 오늘 아침 제일 먼저 싸웠던 그들의 시합은 천창 쪽으로 밀려난 채 시간이 꽤 흘러 잘 보이지 않는다. 앤디의 세계는 쪼개졌거나 너무 많이 긁혀서, 빛이 굴절된 건지 아닌지조차 분간하기 어렵다. 앤디의 원반은 빨간 트럭 무늬 수영복을 입은 꼬마로 가려져 있다. 졌는데도 이긴 것처럼 보이는 앤디의 이미지들도 보이는데 지금 보면 바보 같다. 무언가와 싸우는 것으로 자신이 목격한 비극으로부터 스스로의 마음을 지킬 수 있다고 생각하다니 얼마나 바보 같은 일인가. 빨간 트럭 꼬마로 도배가 된 앤디의 세계관이 담긴 원반은 이기 랭과 이지 랭의 머리 위, 공중에 떠 있다.

아르테미스 빅터의 세계는 앤디 테일러 밑에 걸려 있다. 그 원반은 수많은 사진으로 뒤덮여 있다. 드레스를 입은 아르테미스, 잡지의 표지 모델이 된 아르테미스, 수많은 예비 남편들과 함께 있는 아르테미스. 남편들은 아르테미스에게 말한다. 당신이 최고라고. 당신이 유일한 여자라고, 껴안는 건 고사하고 한 번이라도 제대로 바라보기를 소망했던 유일한 여자라고. 아르테미스의 원반에 나온 남편 중 하나가 손을 아래로 뻗어서 케이트 헤퍼의 머리카락을 쓰다듬는다. 케이트의 세계는 아르테미스 바로 밑에 있다. 케이트 헤퍼의 세계는 아르테미스 빅터와 레이철 도리코의 마음 사이에 끼어 있는데, 레이철의 원반엔 그가 맨

발로 송아지 고기를 먹는 장면뿐이다. 케이트의 세계는 사람들과 그를 둘러싼 사물로 가득 차 있다. 그 세계 한쪽에서는 케이트가 세상에 있는 별들, 행성들 너머에 있는 별들까지 모두 볼 수 있는 어안 렌즈로 하늘을 올려다보고 있다. 다른 쪽에서는 서른 명의 사람들이 케이트를 둘러싸고 그의 존재와 완벽한 전문성에 감탄하고 있다. 그 밑에 레이철의 세계인 마지막 원반에는 아침에 싸운 선수들과 지금 싸우는 선수들, 즉 전설의 사촌 복서 이기 랭과 이지 랭의 대등한 시합이 보인다. 시합들은 아주 빠르면서도 아주 느리게 흘러간다. 레이철에게 복싱은, 자기가 싸울 때뿐만 아니라 다른 시합을 지켜볼 때도 시간을 느리게 한다. 레이철은 이기와 이지가 서로를 향해 와락 던져지는 두 양동이의 물처럼 움직이는 모습을 본다. 둘은 같은 재료로 빚어졌지만, 전혀 닮은 구석이 없다. 입술 때문은 아니야. 자주색 입술 때문에 다른 건 아니야. 레이철은 생각한다. 그들이 어떤 세계를 만들어서 스스로를 가두고, 거기에 비친 자기 모습을 어떻게 보는지에 따라 모든 게 갈라졌다. 이기가 싸우는 방식을 보면 알 수 있다. 이기는 자신이 복싱 선수라는 사실이 중요하게 작용하는 완전하고 단단한 세계를 만들어 낼 능력이 있다. 이번 시합이 끝나면 1라운드는 한 경기만 남는다. 오늘의 마지막 싸움. 그래서 레이철은 잠시 이기와 이지의 몸에서 시선을 돌려 아직 경기를 치르지 않은 마지막 두 소녀를 찾는다. 그 둘은 물론 거기, 열두 명의 증인 중 둘로 남아 있다. 그들의 세계관을 담은 원반, 자신을 소녀 복서로 인식하는 그들의 세계는 아직 링 밑에서 떠돌고 있다. 이기와 이지는 그 위에서 춤을 추고 있다. 그들은 두 세트의 원반들 사이에 끼어 있다. 그들의 머리 위에는 앞서 싸운 소녀들의 세계가 층층이 있고, 그들의 발밑에는 곧 싸우려고 남아 있는 두 소녀의 세계가 기다리고 있다. 그들의 시합이 끝나면 체육관 문은 닫힐 것이다.

 늦은 밤, 네브래스카주 노스플랫의 길을 걷던 이기와 이지에게 짐승의 소리가 들린다. 짧고 날카롭게 깨갱거리는 소리였다. 바람이 그 비명을 두 사람 쪽으로 실어 오기도 하고, 다시 멀리 데려가기도 했다. 마치 그 소리를 내는 존재가 그들에게 가까워지다가 동시에 멀어지는 것처럼. 이기와 이지는 소리가 나는 쪽으로 걸어갔다. 걸을 때마다 가로등 불빛이 만들어 낸 노란 원 안으로 들어갔다가 다시 나오기를 반복했다. 깨갱거리는 소리가 점점 더 커졌다. 빛의 원 하나를 빠져나와 다음 원에 들어서기 전, 그들은 그 소리의 주인을 밟을 뻔했다. 여섯이나 일곱 살쯤으로 보이는 남자아이였다. 너 여기서 뭐 해? 이지가 물었다. 엄마는 어디 계시니? 이지가 물었다.

★★★

이기가 이지와 싸우는 걸 좋아하는 이유 중 하나는 이지가 그걸 기억하리란 걸 알기 때문이다. 이지의 기억력은 가족의 자랑이다. 이지 엄마는 늘 장 보러 가기 전에 이지에게 장 볼 목록을 외우게 했고, 이지는 빠짐없이 기억해 냈다. 이지는 누가 몇 등이고 그걸 어떤 대회에서 땄는지 항상 알았다. 이지와 싸우거나 그의 상대가 되기만 해도 그의 기억에 영원히 각인된다는 뜻이다. 이기는 그게 너무 좋아서 이지에게 자꾸 묻는다. 이지, 내가 오븐에 들어갔던 부활절 기억나? 이지, 할머니 기억나? 종잇장처럼 얇았던 할머니 피부는? 지난 화요일 훈련 기억나? 로버트가 피 났던 거 기억나? 가족여행 때 바다(ocean)를 봤던 거 기억나? 내가 그걸 해양(sea)이라고 불렀던 거 기억나?

★★★

밤의 복싱의 전당으로 들어온 오후 햇살이 랭 사촌 자매 위로 긴 그림자를 드리운다. 이기 랭의 얼굴이 대부분 그림자에 가려져 두 사촌은 전보다 훨씬 닮아 보인다. 이지의 종아리에 힘이 들어가서 옆으로 갈라진 길고 선명한 근육이 도드라진다. 갑작스럽게 드리워진 오후의 그림자에 이기가 묻히다시피 해서 어디서 몸이 끝나고 먼지 낀 회색 그림자가 어디서부터 시작되는지 구분하기 힘들다. 햇볕에 그을린 이기의 팔다리가 그림자 속으로 녹아들어 뚝뚝 떨어지는 것 같다. 그 순간 이기가 주먹을 세게 휘둘러 유효타를 몇 번 따낸다. 이지는 기억할 거라고 이기는 생각한다. 이 한 방, 그리고 이어지는 한 방이 이지의 기억에 남을 거라고. 그것은 우리가 공유하는 가족의 기억들과 같이 살아가겠지. 어쩌면 상자가 있을지 몰라, 이기는 생각한다. 이지 안에는 내가 이지를 때렸던 순간들의 기억을 담아 놓은 상자 하나가 있을지도 몰라.

노스플랫의 그 꼬마는 두 소녀가 자기를 봤다고 확신

하자 울음을 멈추고 그들을 쳐다본다. 환한 곳으로 와 봐, 꼬마가 말했다. 넌 입술에 왜 그런 자주색 얼룩이 있어?

★★★

이 꼬마는 벌레처럼 생겼어, 이기는 생각했다. 아이는 반투명한 금발이 거의 보이지 않을 정도로 머리를 바짝 민 모습이었다. 머릿니나 벼룩이 끓었다가 나은 직후처럼 보였다. 입은 누렇고 갈라져 있었다. 넌 코딱지처럼 생겼는데. 이기가 맞받아쳤다. 그 딱지 낀 꼬마가 혀를 내밀더니 다시 울기 시작했다. 개가 되려고 하는 것 같아. 이기가 속삭였다. 이기와 이지는 그 자리를 떠나 좌회전해서 더 넓은 길로 들어갔다. 개가 되는 것도 괜찮을 것 같아. 이지가 말했다. 개는 사람보다 빨리 늙잖아. 개는 사실 십 대 시절이 없는 셈이야. 몇 달 동안 그냥 아기였다가, 그다음부터는 죽기 전까지는 쭉 어른이야. 그게 훨씬 문명화된 상태 같아. 인간의 십 대처럼 반은 인간이고 반은 아이인 그런 어중간한 상태로 세상 이치도 깨닫지 못한 채 오랫동안 갇혀 있는 것보다는 훨씬 낫잖아.

★★★

그 시각 노스플랫의 모텔 방 침대에 누워 있는 이지 엄마는 잠이 깰락 말락 한 상태에서 생각에 잠긴다. 그는 울화가 치미는 한편으로 의아해한다. 이기와 이지를 이 멀고도 먼 도터스 오브 아메리카컵까지 운전해서 데리고 와야 하는 사람이 대체 왜 나였을까? 자기 자식뿐 아니라 남동생의 자식들까지 차에 태우고 다니는 사람은 항상 그였다. 가족여행을 계획하는 사람도 언제나 그였다. 어쩌다 그는 하나도 아니고 두 가족을 책임지는 가장이 됐을까. 그의 어머니가 입버릇처럼 하던 말이 있다. 아들은 장가갈 때까지만 네 사람이지만, 딸은 평생 네 사람이야. 어머니도 자신에게 그렇게 느꼈던 걸까? 이지의 엄마는 딸에 대해 그렇게 생각하지 않는다. 이지가 자기 없이 자유롭게 살아갈 수 있다고 느끼길 바란다. 만약 이지가 시카고로 이사 가고 싶다면 말리지 않고 적극적으로 응원할 것이다. 몇십 년이 지난 후 자신이 죽음을 앞두고 있을 때도 이 결정을 절대 후회하지 않을 것이다. 다행이야. 그는 죽기 직전에 이렇게 생각할 것이다. 이지가 더 넓은 삶을 누리게 되어서, 내 바람을 이뤄주는 딸 이상의 삶을 살 수 있어서.

★ ★ ★

이지는 정말 어머니에게 딸 그 이상의 존재일까? 대학에 출근길에 복싱 체육관 앞을 지날 때마다 자기도 모르게 그런 생각을 하게 된다.

★ ★ ★

자줏빛 입술의 사촌 동생에게 한 라운드를 내줬다는 사실은 누가 봐도 좋지 않았다. 이지 랭은 이번 6라운드에서 자기 안으로 깊숙이 침잠한 채 역전이 필요한 국면에 몰리는 상황을 자초했음을 실감한다. 어깨가 떨린다. 울음이 나오려고 떨리는 건지, 긴장해서 떨리는 건지 알 수 없다. 이기의 자줏빛 입술과 거친 눈이 이지에게 못 박혀 있다. 이지는 그보다는 더 낫고 더 숙련된 복서다. 그는 앞으로 나아가서 이기를 로프 쪽으로 몰아세우고, 이번 라운드가 시작되자마자 끝내 버린 듯한 느낌이 들 정도로 펀치를 계속 퍼붓는다. 이번 라운드에서 이지는 득점이 가능한 모든 지점을 힘껏 친다. 머리, 복부, 팔, 갈비뼈. 그리고 펀치 하나는 치즈를 자르는 칼처럼 슥 위로 올라갔다가 곡선을 그리며 내리꽂힌다.

★★★

이기는 몸 가장자리가 그림자와 섞여 흐릿해지는 것을 느낀다. 다시 오후의 햇살이 비치는 곳으로 몸을 끌고 나가야만 글러브 낀 손의 둥근 윤곽을 조금 더 또렷이 볼 수 있을 텐데. 다음 라운드가 시작되자 이기는 마치 젖은 걸레를 끌고 가듯 몸을 질질 끌며 링 중앙으로 들어간다. 이기의 몸이 지나간 자리에 유령같이 끈적한 흔적이 남는다. 그러고 나서 그는 이지를 때리고 있다. 이기는 글러브를 낀 자기 주먹이 사촌의 어깨에 닿는 모습을 본다. 정신없이 손을 움직이는 와중에도 이기는 아직도 자기 몸이 어디서 끝나고 세상이 어디서 시작되는지 분간할 수 없다. 지금은 이지와 너무 가까이 있어서 서로를 이어 주는 다리가 보이는 것 같다. 먼지 입자들이 뭉쳐서 자기 피부와 이지의 피부 속으로 동시에 스며드는 걸 본다. 우리는 한데 섞이고 있어. 이기는 생각한다. 우리는 케이크 반죽이야. 이기의 손놀림은 느리지만 철저하게 계산되어 있다. 그 손이 그다지 힘들지 않게 이지의 몸에 닿는다. 둘 사이의 입자가 서로 끌어당기면서 이기에게 더 가까이 오라고 재촉하는 것 같다. 이기는 이지에게 조금만 더 가까이 다가가면 이지의 몸속으로 들어가, 마치 재킷을 입듯 이지를 입을 수 있을 것 같다고 생각한다.

이지의 평범한 입술이 이기의 자주색 얼룩 위로 겹친다. 두 살 많고 키는 더 작은 이지의 몸이라는 틀 안에 둘의 모든 분자가 담긴다.

★★★

범죄 드라마에선 아주 구체적인 것들이 등장해야 한다. 먼저 시체가 있어야 하고, 그다음엔 미스터리. 그러고 나서 가짜 단서가 나온 후 진짜 단서가 드러난다. 그러면 탐정이 사건에 연루되거나 개인의 범죄였던 것으로 드러난다. 그다음 범인이 밝혀진 후 처벌받거나, 관료주의적 개소리 때문에 풀려난다. 이기는 자기가 시합에서 지는 유일한 이유는 그 빌어먹을 관료주의 때문이라고 느낀다. 이건 심판이 있는 스포츠다. 심판은 멍청하지만 필요하다. 심판 없이는 이 스포츠를 할 수 없지만, 심판이야말로 경기가 공정하게 진행되는 걸 막는 존재다. 이기는 심판 없이 이지와 싸우는 경기를 상상한다. 시간 제한도 없고, 이 분 라운드 규칙은 내다 버린다. 지구력과 속도와 쓰러지지 않고 버티는 능력만이 진짜 중요한 기준이 된다. 느리면 맞아서 쓰러지고, 상대 선수를 막는 사람도 없고, 그런 관료주의 자체가 아예 존재하지 않는 링 위에서는 상대에게 너무 세게 맞아 두 발로 서 있다는 사실 자체가 기적처럼 느껴질 것이다.

★★★

노스플랫에서 깨갱거리는 그 코딱지 꼬마를 골목에 남겨 둔 채 이기와 이지는 곧장 모텔로 돌아갔다. 둘은 이지의 엄마 맞은편에 있는 퀸 사이즈 침대 위로 기어 올라가 함께 잠들었다. 아침에 일어난 두 사람은 다시 밴의 뒷좌석에 나란히 앉았고, 이지의 엄마는 또다시 열 시간 동안 운전대를 잡았다. 창밖에는 옥수수 줄기들이 끝도 없이 이어졌다. 깔끔하게 줄을 맞춰 서 있는 옥수수들은 빠르게 달리는 차창으로 시야에 흐릿하게 들어왔다가 사라지기를 반복했다. 흐릿한 옥수수 줄기들은 떨리는 삼각형들처럼 보였다. 이기는 시선을 옥수수 줄기 하나에 고정하려 했지만, 그 줄은 곧 뒤따라오는 수십 개의 줄과 하나가 되어 버렸다. 이기는 몇 시간 동안 옥수수밭을 바라보며 그 옥수수들의 형태가 마음속에서 사라지도록 내버려뒀다. 뭔가를 보면서 눈에 보이는 그것이 진짜 형태는 아니라는 걸 아는 느낌은 꽤 괜찮았다. 이기의 인생엔 자신이 겉보기와 전혀 다른 존재라고 주장하는 것이 너무 많았다. 어쩌면 옥수수 줄들은 정말로 삼각형이 맞을지도 몰라. 이기는 생각한다. 아니면 줄 세우기 극단주의자들이 자기들이 줄이자 삼각형이라는 걸 끝까지 인정하지 않으려는 걸지도.

　만약 이 경기가 범죄 드라마라면, 이기와 이지는 지금 범죄가 개인의 것이 되는 단계에 와 있을 것이다. 이건 묻지마 살인 사건이 아니라 탐정들을 더 거대한 범죄의 그물에 얽기 위해 정교하게 설계된 함정이다. 이 경기의 판돈은 다음과 같다. 이기는 지더라도 자신의 서사를 다시 써서 승자가 될 수 있는 시간이 앞으로 삼 년 남아 있다. 하지만 이지가 지면 이번이 도터스 오브 아메리카컵에 출전하는 마지막 해가 된다. 그는 거울에 비친 자기 얼굴을 직시하며 복서라는 정체성을 자기 속에 집어넣어야 하지만 이지는 그럴 수 없다. 이 시합에서 지고서도 자신이 복서라고 믿는 건 불가능하다. 그 순간 이지는 그 사실을 자각하고, 그때부터 복서라는 정체성이 사라지도록 내버려둔다. 이건 마치 재킷을 벗는 것과 같다. 이 옷들을 다 입고 있기엔 이 망할 체육관이 너무 더워서 벗는다는 듯이 말이다. 이기가 이지의 머리를 너무 많이 때리는 바람에 심판이 바로 라운드를 종료시킨다. 이지는 반격해야 했지만 그러지 않았다. 그래서 지금 그는 눈앞에 서 있는 자주색 입술의 사촌 동생이 방금 승리를 낚아챈 모습을 멍하니 보고 있다. 이기는 흥분해서 숨을 헐떡이면서, 콧김을 뿜어내며, 마우스피스를 꺼내고 이지에게 너무나 멍청하다고 냅다 소리를 지른다. 이지! 이기는 링 한복판에서 외친다. 이 바보 멍청이. 이건 너를 위한 대회였잖아.

이지의 몸이 빛나고 있다. 몸에서 열기가 뿜어져 나온다. 땀이 기름처럼 보인다. 오후의 햇빛이 그의 몸에 희고 눈부신 줄무늬를 남긴다. 빛이 너무 밝아서 빛이 정면으로 닿은 자리엔 이지라는 존재 자체가 사라지고, 피부색도 사라지고 색이 없는 자리만 남은 것처럼 보인다. 뛰어난 기억력이 가장 큰 강점인 이지는 이 순간을 완벽하게 기억할 것이다. 이기가 울고 소리 지르는 모습. 햇빛이 너무 늦게 너무 비스듬히 체육관으로 들어와 실내를 가르고 다녀서 이기나 다른 어떤 것도 제대로 볼 수 없었던 그 순간도.

★ ★ ★

잠시 후 경기가 끝나고 해가 체육관 창 밑으로 가라앉자 체육관 전체가 짙은 어둠에 잠긴다. 열두 명의 관중도 갑작스러운 어둠 속에서 시력을 잃고, 아무도 그 무엇도 보지 못한다. 그러자 천장 조명이 자동으로 켜진다. 천장에 설치된 크고 둥근 형광등은 공장에서 쓰는 것으로 아래쪽에 철망 보호 덮개가 씌워져 있다. 불이 켜져도 금방 환해지진 않는다. 이지는 아직도 링 위에 서 있다. 기름 같은 땀에 젖은 채, 자주색 입술의 사촌 동생에게 패배한 채로. 형광등이 점점 밝아진다. 저 조명들은 워밍업하고 있는 거야, 마지막 시합을 뛴 선수들의 몸을 감싸 주기 위해 점점 밝아지고 있는 거지. 이기는 생각한다. 점점 환해지는 조명에서 시끄럽게 윙 소리가 난다. 이기와 이지는 링에서 내려온다. 둘은 낡은 로프 사이로 몸을 빼면서 고개를 숙였다가 다시 들고 링 밖으로 나온다. 그 순간 이기는 마치 누군가 엄지와 검지로 그를 집어 올리는 것처럼 목 뒤쪽이 따끔거린다. 이지에게 제대로 맞지도 않았는데 코도 아프다. 이기의 몸 전체가 제 몸의 경계선을 밖으로 밀어내는 것처럼 웅크리고 수축하는 동시에 커지고 있었다. 이기는 높은 링에서 뛰어내려 네발로 바닥을 짚고 스트레칭한다. 등을 동글게 말았다가 천장을 향해 척추를 밀어 올린다. 등뼈 마디마디가 작고 완벽한 간격으로 돌출된다. 이기의 자주색 입술이 떨리고 있다. 이제 그는 개라기보다 외계 생명체에 가깝다. 인간이 아니지만 자기가 인간이라고 인간을 속이는 외계 생명체. 이기는 생각한다. 이 속에 들어가 살기엔 이 몸은 정말 이상해. 이기는 자신의 승리를 천천히 실감하고 있다. 사실, 이기는 이지에게 이기고 싶지 않았지만, 이지가 자신이 지지 않는 방법을 제공하지도 않았다고 느꼈다. 다시 미시간으로 돌아가는 길. 이지의 엄마는 라디오 볼륨을 한껏 올려서 둘이 말을 섞지 않아도 되게 할 것이다. 저 아이들은 최근에 이혼한 부부처럼 조용하다고 이지의 엄마는 생각할 것이다. 이지는 미니 밴 맨 뒷줄에 누워 세 자리를 전부 차지한 채 수건을 얼굴에 덮고 잘 것이다. 이기는 자지 않고, 얼굴에 수건을 덮은 이지가 가족의 의무로서 이 대회의 모든 것을 기억하길 바랄 것이다. 이기는 이지가 이 대회의 세세한 점을 모두 기억하고, 둘이 아침으로 뭘 먹었는지도 기억하길 바랄 것이다. 이것이 이지의 대회였으며, 모두 그걸 알고 있고, 심지어 시합이 끝났을 때 모두가 들을 수 있도록 이기가 큰 소리로 이지에게 그렇게 말했다는 것도 기억하길 바란다.

★★★

시합이 끝난 후 이지는 최대한 빨리 체육관 밖으로 걸어 나가서 신선한 바깥 공기를 마신다. 체육관 안에 있을 때는 먼지를 마시고 있는 기분이었다. 이지는 울보가 아니다. 울려고 밖에 나간 게 아니다.

★★★

걸으면서 싸움의 여운을 털어 내며 이지는 주위에 있는 창고들을 지나친다. 리노를 내려다보는 산맥들이 멀리 사막에 우뚝 솟아 있다. 갈색 산맥들은 목이 말라 보인다. 그 등이 빚어 낸 곡선은 울퉁불퉁하다기보다 매끈하다. 파도에 수없이 부딪혀 반들반들하게 닳은 해변의 돌처럼. 이기에게 진 이지는 이기네 가족과 같이 샌프란시스코 바다를 보러 갔던 일을 떠올린다. 미시간주 더글러스에서 샌프란시스코까지 운전해서 간 여행은 너무 길었다. 둘은 그때 다섯 살과 일곱 살이었다. 아이들 기준으로는 그 두 살도 몇십 년쯤 차이가 나는 것 같았지만, 그때도 이상하게 이지는 이기에게 뭔가 한 수 뒤진 기분이었다. 운전은 이기의 아빠와 이지의 엄마가 번갈아 했다. 캘리포니아에 도착하는 데만 나흘, 바다를 본 건 닷새째 날이었다. 샌프란시스코 시내에 들어서자마자 다들 바로 바다로 향했다. 이지 엄마는 모텔에 들어가 낮잠을 자며 잠깐 쉬고 싶어 했지만, 다들 말도 안 된다며 발부터 물에 담그러 가자고 설득했다. 더글러스의 기이한 점 중 하나는 자칭 해변 마을이라고 하는 것이다. 미시간호를 품에 안고 있는 그 마을은 그 호수 덕분에 지금 모습이 됐다. 그래서 이지 엄마와 이기 아빠가 바다(ocean)에 왔다고 했을 때 이지와 이기는 특히 더 혼란스러웠다. 미시간 호수의 맞은편은 보이지 않는다. 마치 캘리포니아 해변에서 하와이가 보이지 않는 것처럼. 하지만 그것만으로는 바다와 같다고 할 수 없다. 그들이 샌프란시스코 시내를 달리는 동안, 이지는 이렇게 해서는 절대 바다에 도착할 수 없을 것 같은 느낌이 들었다. 이렇게 많은 건물 틈에 어떻게 바다같이 거대한 것이 숨어 있을 수 있나? 그러다 도시의 밀도가 점점 옅어지면서 대저택들이 모습을 드러낸다. 가족이 탄 밴이 가파른 언덕을 오르고, 파란 바닷물이 유리창 너머로 넘실거렸다. 밴은 털털거리며 나무가 우거진 공원을 지나, 마침내 모래가 바람에 날리는 공영 주차장에 도착했다. 주차장의 두껍고 노란 경계선에 모래가 덮여 있었다. 이지는 작아서 보조 좌석 위에서도 창밖이 잘 안 보여 몸을 기울이고 목을 쭉 빼야 했다. 엄마가 문을 열고 이지를 좌석에서 풀어 줬다. 이기와 이지는 모래가 있는 곳으로 곧장 달려갔다. 주차장에서 바닷가까지 경사진 모래 언덕이 펼쳐져 있었다. 둘은 그 모래 언덕을 내려가며 넘어졌다가 다시 일어나고, 또 넘어졌다가 일어나길 반복하며 마치 네발로 구르듯 달리고 쓰러지길 반복했다. 그렇게 작은 몸이 허락하는 한계까지 최대한 빨리 바다를 향해 내달렸다. 부모들이 뒤에서 따라왔지만, 부모들은 그들의 시야와 마음에서 너무 멀리 떨어져 있어서 이지의 기억에는 없었다. 이지가 물가에 가까워지자 바다의 격렬한 풍경이 눈에 들어오기 시작했다. 파도가 세차게 부서지는 소리가 들렸고, 가까이 달려갈수록 파도가 거대하다는 사실을 깨달았다. 멀리 거대한 바위섬들이 먼바다 위로 솟아 있었다. 그 섬들은 날카롭고 톱날처럼 깔쭉깔쭉했으며, 꼭대기에는 흰빛이 감돌았다. 해변의 가장자리도 톱날처럼 날카롭고 들쭉날쭉했다. 작은 만도 거칠어 보이긴 마찬가지여서, 절반은 와르르 무너져서 바닷속으로 쏟아져 버린 듯했고, 나머지 절반도 언제든 그렇게 무너질 것 같았다. 더글러스의 해변과는 하늘과 땅 차이였다. 이지가 자란 해변은 욕조에 담긴 물 같았다. 나는 지금까지 그 욕조에 담긴 물에서 자란 거야. 이지는 생각했다. 내가 자란 그 잔잔한 물결을 지금껏 파도라고 불렀다니 믿을 수 없어. 지금 이 캘리포니아 바다에 부서지는 거대한 파도야말로 진짜 파도야. 파도는 이렇게 그리는 거지. 그림에 나온 파도들이 캘리포니아 파도처럼 보이는 이유는 미시간호의 파도가 캘리포니아 파도를 흉내 내고 있기 때문이다. 이지는 파도에 더 가까이 다가가 물가에 하얀 거품이 생기는 걸 봤다. 파도가 닿았던 자리엔 작은 유령처럼 흰 거품 자국이 희미하게 남아 있었다. 저 파도에는 내 몸이 네 개쯤 들어가겠네, 이지는 파도가 솟구쳤다가 그 앞에서 부서지는 모습을 보며 생각했다. 그때 이기가 그의 옆으로 달려왔다. 이기는 숨이 차는 와중에도 기뻐서 어쩔 줄 몰랐다. 두 사촌은 차 안에서 오랜 시간을 보낸 후에 이제 생전 처음으로 바다를 보고 있었다. 바다야!(It's the sea!) 이기가 외쳤다. 이지는 처음에는 그 말을 제대로 이해하지 못했다. 바다(ocean) 말고 다른 단어가 있는 줄 몰랐던 것이다. 처음엔 이기가 봐(see)라고 말한 줄 알았고, 바다를 보라는 말을 한 것 같은데 그건 전혀 말이 되지 않았다. 나중에 마리나 모텔에 도착한 후에야 깨달았다. 자기보다 훨씬 어리고, 성격도 좀 이상하고 얼굴은 못생긴 데다, 입술은 자주색인 그 사촌 동생이 자기보다 훨씬 많이 알고 있다는 걸. 어쩌면 그 이상한 자주색 입술 덕분에 더 많이 알게 된 것인지도 모른다. 이지는 자기가 더 나이가 많으니까 아는 게 더 많을 거라 생각했지만, 이기는 하나의 사물이 동시에 두 가지가 될 수 있다는 것을 이미 알고 있었다.

리노에서 이지는 매끈하게 다듬어진 산맥 너머로 해가 지는 풍경을 바라보았다. 나는 태양이야, 이지는 생각했다. 그리고 내 사촌은 동물이지. 이기는 항상 동물이 되고 싶어 했어. 그 시각, 밥의 복싱의 전당에서 이기는 글러브를 벗고, 수건으로 얼굴의 땀을 닦으며, 오늘의 마지막 경기를 보려고 자리를 잡았다. 밤이 내린 체육관의 형광등 불빛 때문에 그날 마지막 시합을 치를 두 선수는 무대에 오른 배우들처럼 보였다. 그들의 동작은 느리고, 과장되어 보였다. 표정도 사악하고 오버하는 것처럼 보였다. 심판이 링에 올라 첫 라운드를 시작하려 할 때 그는 전시에 군중 앞에서 연설하려 하는 인기 없는 재판관 같았다. 두 선수는 심판을 쳐다보지도 않았다. 오직 서로만 바라보았다. 둘이 서로를 바라보는 그 순간, 체육관의 공기가 목격자들의 가슴속으로 빨려 들어갔다. 이기는 쪼그려 앉아 경기를 지켜보았다. 이건 범죄 드라마야, 이기는 생각했다. 범죄 드라마에는 꼭 나와야 할 것들이 있지. 이 마지막 선수들은 먼저 시체를 가지고 시작해야 한다. 그다음엔 미스터리가 등장하고, 거짓 단서가 나타난 뒤, 진짜 단서가 드러난다. 그리고 둘 중 하나가 이긴다.

로저 롤러 VS. 디나모

소녀들의 손뼉 놀이[6]에는 승자가 없다. 박자를 놓치거나 가사를 틀리면 타박을 들을 수는 있지만, 어느 한 사람이 이기는 놀이는 아니다. 손뼉 놀이는 오직 놀이 혹은 휴식의 형태로만 존재한다. 그렇다고 경쟁의 여지가 아예 없는 건 아니다. 소녀들은 최대한 오래 손뼉을 치고, 혀가 꼬일 듯한 야한 동요 가사를 읊조리며 놀이를 계속 이어가야 한다는 압박을 받는다. 이 경쟁심은 짝이 된 두 사람이 끝까지 버티려는 욕망 속에 존재한다. 손뼉 놀이의 가사는 끝나지 않는다. 후렴구는 항상 제자리로 돌아와서 게임의 끝을 알리는 가사가 다시 시작을 알리는 신호가 되어

---

6) 두 사람이 마주 보고 손뼉을 치며 리듬에 맞춰 노래를 부르는 놀이. 우리나라의 '쎄쎄쎄'와 비슷하다.

끝없이 돌고 돈다.

★★★

심판들이 오늘의 마지막 경기인 네 번째 시합의 시작을 선언하자, 이제 아홉 명의 관중만 남은 어두운 체육관에 이 대회가 원형의 틀에서 똑같은 이야기를 되풀이하며 돌아간다는 반복 혹은 순환의 암시가 깃든다.

★★★

마지막 경기에 출전한 선수들은 서로 이기고자 하는 욕망 때문에 풍자만화 속 캐릭터 같아 보인다. 둘 다 찡그린 표정이 배우 같다.

★★★

밤의 복싱의 전당에 설치된 산업용 전구들이 극장 조명처럼 흰빛으로 사방을 비춘다. 무대 연기를 할 때 관객의 눈에 띄려면 화장을 평소의 두 배는 진하게 해야 한다. 그래서 이 흐릿한 조명 아래 서 있는 로즈 뮬러와 타냐 모는 둘 다 혈색이 전부 빠져나간 듯 창백해 보인다. 로즈 뮬러는 머리가 너무 짧아서 헤드기어 아래로 머리카락이 거의 안 보인다. 타냐 모는 긴 머리를 두 갈래로 땋아 고리 모양으로 말아 올렸다. 헤드기어 밖으로 삐져나온 땋은 머리 두 가닥이 축 늘어진 고리처럼 등에 드리워져 있다. 타냐 모가 어깨를 한껏 구부린 채 손을 로즈 뮬러에게 내밀자 로즈 뮬러도 손을 들어 받아친다. 둘이 손뼉 놀이를 하는 건 아니지만, 리듬에 맞춰 서로의 손바닥을 때린다. 타냐 모의 주먹이 로즈 뮬러의 주먹과 닿을 때, 그의 머릿속에는 손뼉 놀이 노래가 들린다. 나는 배우야, 타냐 모는 머릿속으로 되뇐다. 그는 지금 승자의 역할을 연기해야 한다.

타냐 모가 아는 손뼉 놀이 중 가장 유명한 것은 예인선을 주제로 한 노래가 나오는 것으로, 마지막 구절이 항상 평범한 단어에서 저속한 말장난으로 바뀌며 끝난다. 타냐는 이 놀이를 아주 많이 좋아했지만, 이제는 열일곱 살이나 됐으니 그걸 하고 놀기엔 확실히 너무 커 버렸다. 반에서 가장 얌전한 모범생들의 입에서 갑자기 평범한 단어가 장난스럽고 야한 말로 바뀌어 나오는 소리를 들을 때면 짜릿했는데. 단어들은 그들의 입속에 있을 때 이미 바뀌었다. 타냐는 그 단어들이 바뀌는 변화의 순간, 예를 들어 애스크[7]가 애스[8]로, 플라이 버그[9]가 플라이[10]를 가리는 지퍼로 바뀌는 그 기이한 찰나를 볼 수 있었다. 어린 시절 타냐 모는 이 손뼉 놀이를 몇 시간이고 하면서, 친구들의 혀 위에서 그 단어들이 아주 작은 조각상으로 바뀌는 모습을 봤다. 절 하나가 끝날 때마다 지루한 단어의 조각상들이 금기된 모양으로 바뀌었고, 그 금기어로 만든 조각상들은 손뼉 놀이를 하던 두 소녀가 뱉어 버린 것처럼 보도 위에 우수수 쌓였다. 노래가 계속될수록, 소녀들은 더 많은 금기어의 조각상들을 만들어 냈다. 소녀 시절의 초입에는 그런 조각상들이 운동장 여기저기 널려 있었다. 그것은 낮에 했던 손뼉 놀이들의 무덤 같았다. 타냐 모는 로즈 뮬러를 오늘 처음 봤지만, 마우스피스를 꽉 깨문 로즈의 입에서 금기어로 만든 조각상이 튀어나올 것 같았다. 로즈 뮬러의 입속에는 뭔가 불쾌한 것이 있다.

---

7) ask. 묻다.
8) ass. 엉덩이.
9) fly bug. 파리.
10) fly. 사타구니.

★ ★ ★

    타냐 모와 로즈 뮬러는 손뼉 놀이가 아니라 복싱을 하고 있다. 하지만 서 있는 자세에서 묘하게도 둘이 협력하는 분위기가 풍긴다. 타냐 모가 주먹을 내밀면 로즈 뮬러가 받아친다. 로즈 뮬러가 왼발을 앞으로 내디디면 타냐 모가 뒤로 물러난다. 엄밀히 말하면 이 링 위에는 심판도 있지만 그는 여기서 아무것도 아니다. 여기서 그는 인간 이하의 존재다. 심판과 코치, 심사 위원들 모두 이 경기와 철저하게 분리돼 있다. 그들은 자신들이 이 게임에 관여하고 있고, 나름의 힘도 있다고 생각하지만 타냐 모와 로즈 뮬러가 모든 권력을 가져가 버렸다. 지금 타냐 모와 로즈 뮬러 사이에서 벌어지는 일은 심사 위원들과는 아무 관계가 없다. 심판과 코치들은 쉬는 시간을 감독하는 교사들 같다. 그들은 그저 쉬는 시간의 규칙을 알려 주기 위해 존재할 뿐이다. 진짜 중요한 것은 쉬는 시간에 일어나는 거대한 드라마와 복잡한 정치판이지만, 그들은 거기에 절대 개입하지 않는다.

★ ★ ★

    로즈 뮬러와 타냐 모의 코치들은 안면이 있다. 그들은

십 년 넘게 청소년 선수들을 지도하면서, 종종 서로의 제자들이 맞붙는 경기를 지켜봤다. 친하진 않지만, 오늘 밤 두 사람은 경기가 끝난 뒤 같이 술 한잔하러 가기로 미리 약속했다. 도터스 오브 아메리카컵이 리노에 있는 밥의 복싱의 전당에서 열린다고 했을 때, 코치 둘 다 환호했다. 리노 카지노에서 공짜 술을 마실 걸 생각하니 몹시 설렌 것이다. 타냐 모가 한 방을 날리자 로즈 뮬러의 코치와 타냐 모의 코치 둘 다 버럭 소리를 지른다. 타냐 모와 로즈 뮬러가 옆눈으로 코치들을 바라보는데, 얼굴은 희미하고 몸만 눈에 들어온다.

타냐 모가 로즈 뮬러를 바라본다. 아이돌 멤버 같은 머리 스타일에 레이저 광선처럼 눈빛이 날카로운 소녀가 눈에 들어온다.

★★★

상대의 눈을 똑바로 보며 겨루는 스포츠에는 강렬한 매력이 있다. 타냐 모는 로즈 뮬러의 눈을 들여다보다 문득 생각한다. 자신이 복싱와 연기 둘 다에 끌리는 이유가 바로 이런 거 아닐까. 세상에 상대의 눈을 들여다보는 친밀함이 허용되는 활동은 거의 없으니까.

★★★

로즈 뮬러가 타냐 모의 눈을 들여다보자, 뿌연 안개에 둘러싸인 행성처럼 생긴 구체 두 개가 보인다. 타냐 모의 왼쪽 눈 중앙 옆에 까만 점 하나가 둥둥 떠 있었다. 마치 동공이 한 조각 떨어져 나와 검은 달 주위를 공전하는 것 같다. 로즈 뮬러는 그 점이 원을 그리며 움직인다고 생각한다. 로즈 뮬러가 타냐 모의 옆구리를 치자, 그의 갈비뼈가 보라색으로 멍들기 시작한다.

★★★

로즈 뮬러는 댈러스에서 자랐다. 어렸을 때 놀던 놀이터들은, 이상한 네온빛을 내뿜는 댈러스 중심부 주변의 교외 지역 곳곳에 흩어져 있었다. 그런 놀이터에서 로즈는 타냐 모가 앨버커키에서 자라면서 했던 것과 같은 손뼉 놀이를 했지만, 각 손뼉 놀이 그룹의 소녀들이 1600킬로미터 길이의 깡통 전화기 줄로 이어진 듯 가사는 조금씩 달랐다. 지금 이곳 리노에서, 타냐 모와 로즈 뮬러는 서로의 존재를 알지만 둘이 같은 손뼉 놀이 전통을 공유하고 있다는 사실은 모른다. 두 사람은 빠르고 정확하게 서로를 가격한다. 로즈 뮬러의 짧은 머리는 땀에 흠뻑 젖어 두피에 찰싹 달라붙었다. 헤드기어와 젖은 머리카락 그리고 머리 전체가 하나의 물질로 이루어진 것처럼 느껴진다. 로즈 뮬러는 자신의 몸 전체가 헤드기어의 플라스틱 폼으로 만들어졌다고 상상한다. 플라스틱 폼은 햇빛에 노출되면 시간이 흐르면서 갈라진다. 이번 시합이 시작됐을 때, 로즈 뮬러는 타냐 모 역시 그렇게 갈라지게 만들 수 있으리라 확신했다. 하지만 태양은 오래전에 저물어서 지금은 아무 쓸모가 없다. 타냐 모와 로즈 뮬러는 투광 조명등 밑에서 싸우고 있다. 로즈 뮬러는 두 주먹을 앞으로 내밀었다가 뒤로 뺀다. 그는 눈을 가늘게 뜨고 타냐를 겨냥한다. 타냐 역시 눈을 가늘게 뜨고 맞받아친다.

미국의 어린 여자아이들은 언니들의 보이지 않는 네트워크를 통해 손뼉 놀이를 배운다. 이제 막 소녀 시절을 벗어나서 운전을 배우기 시작한 언니들이 가장 좋다. 친언니가 없다면, 친구의 언니를 통해 배워야 한다. 손뼉 놀이는 처음에는 언니들을 통해 전해지지만, 새로운 게임이 아이들에게 소개되면 돌림병처럼 금방 퍼져 나간다. 새로운 손뼉 놀이가 나왔다는 소문이 돌면 가능한 한 빨리 배워야 한다. 예컨대 레모네이드 크런치 아이스라는 놀이가 화요일 점심시간에 등장하면, 목요일 점심까지는 반드시 익혀야 한다. 이런 식으로 하나의 레퍼토리가 만들어지고 실행된다. 언니들은 손뼉 놀이의 전승에 없어서는 안 될 존재지만, 동시에 가사의 오류를 퍼뜨리는 장본인이기도 하다. 그들의 기억은 완벽하지 않기 때문이다. 이런 식으로 같은 주에 사는 여자아이들이 새롭고 다른 노래 가사를 개발한다.

수십 년이 지난 후 타냐 모는 실제로 배우가 된다. 대학원에 들어가 자기 얼굴을 타인의 얼굴에 맞춰 넣는 방법을 배우게 된다.

★★★

두 명 이상이 같이 할 수 있는 손뼉 놀이도 있다. 이런 놀이들은 아이들이 동그랗게 원을 그리며 서거나, 다리를 꼬고 앉은 채 진행된다. 춤보다는 술래잡기에 가깝다. 놀이는 두 사람의 손을 먼저 터치하는 것으로 시작된다. 그다음 운율이 있는 구절이 불리고, 손을 때리는 연쇄 반응이 시작된다. 가사의 마지막 박자에 손을 맞은 사람이 원 안을 달리며 누군가를 잡든가, 퇴장해야 한다. 이 원형의 다인 손뼉 놀이가 진행되는 동안, 원 안에서 계속 놀고 있는 아이들과 원 밖으로 쫓겨난 아이들이 나뉜다. 퇴장당한 아이들은 최후의 승자가 나올 때까지 원 안으로 들어올 수 없다. 놀이를 다시 시작할 타이밍은 승자가 결정한다. 도터스 오브 아메리카컵도 끝나면 바로 새로운 게임이 시작된다. 여자 청소년 복싱 협회 위원회는 이미 이 년 치 대회를 계획해 두었다. 소녀 복서들은 내년에 도터스 오브 아메리카컵이 어디에서 열릴지, 그다음 대회는 어디에서 열릴지 이미 알고 있다. 그들은 서로를 경기에서 내보내기 위해 서로의 손뼉을 치지만, 동시에 다시 불러들이기 위한 준비도 하고 있다. 링에서 나가, 타냐 모는 로즈 뮬러를 보며 생각한다. 당장 나가. 내가 승자가 되면 넌 언제든 다시 들어올 수 있어.

★★★

1, 2라운드를 지나며 로즈 뮬러와 타냐 모는 한 번씩 승리를 나눠 가진다. 체육관에 남은 아홉 명의 관중은 이 경기에 깊이 빠져 있다. 이 자리에 있다는 사실만으로도 그들은 이 경기의 일부가 된다.

★★★

이기 랭, 아르테미스 빅터, 그리고 레이철 도리코는 말없이 경기를 지켜본다. 그들은 따로 떨어져 앉아 있다. 주먹이 부딪히는 소리가 그들의 귓가에 빗방울처럼 떨어진다. 크게 울리는 묵직한 소리.

★★★

타냐 모는 배우로서 수백 개의 역할을 맡을 것이다. 연기만으로 돈을 많이 벌 만큼 유명해지진 않겠지만, 늙고 쇠약해졌을 때는 사랑받는 할머니 역 전문 배우가 될 것이다. 그에게는 쉬운 역일 것이다. 노인들은 다른 사람들이 속으로만 하는 말을 거침없이 뱉어 내니까. 아이들과 바보들처럼 할머니들은 일반적인 사회적 기준에 얽매이지 않으니까 속내를 드러내도 용서받는다. 바로 그런 노골적인 솔직함 때문에 타냐 모가 할머니 연기를 잘하는 것이다. 타냐는 평생 감정을 감추고 사는 것이 어려웠다. 그런데 이제 인생의 끝자락에서 본심을 드러낸 표정 하나로 작은 유명세를 얻는다. 타냐 모 할머니는 더 이상 다정한 척하지 않아도 된다.

로즈 뮬러에겐 창문이라는 이름의 고양이를 키우는 친구가 있었다. 여기 밥의 복싱의 전당에서 시합 중간에 로즈 뮬러는 고양이 모양의 창문과 자기 몸처럼 생긴 분홍 장미 덤불을 상상한다. 타냐 모를 향해 오른쪽으로 갔다가 다시 왼쪽으로 움직일 때, 로즈는 자기 다리가 꽃으로 변신하는 걸 본다. 그의 팔이 가시 돋친 장미 덩굴처럼 엉키고, 글러브가 있던 팔 끝에서 분홍빛 꽃다발이 피어난다. 그 꽃다발이 타냐 모의 얼굴을 세차게 내리친다.

★★★

타냐 모는 할머니 역 중 하나로 남편을 죽이기 위해 음모를 꾸민 과부를 연기할 것이다. 극 속에서 그의 절친(역시 나이 든 여성)도 애인을 죽이려 한다. 이 작품은 모두가 아는 코미디가 될 것이다. 타냐 모가 세상을 떠난 후에도 고등학교에서 대타로 근무하는 역사 교사들이 이 작품을 종종 무대에 올릴 것이다. 사람들은 이 작품을 웃기고 건전한 이야기라고 생각한다.

★★★

하지만 로즈 뮬러는 타냐 모의 이중 살인 영화가 제작되기도 전에 세상을 떠날 것이다. 로즈는 평생 토박이, 그러니까 태어난 곳에서 몇 킬로미터도 벗어나지 못한 채 생을 마칠 것이다. 그렇다고 로즈 뮬러에게 변신 능력이 없다는 말은 아니다. 로즈에게는 흔들리지 않는 안정적인 면이 있다. 그에게는 무엇을 의심하고 무엇을 받아들일지 정확히 판단하는 비범한 능력이 있다. 이를테면 신은 로즈 뮬러가 평생 갈등한 주제다. 그가 태어나서 평생 살다 죽게 될 댈러스의 한 마을에서는 가족을 포함한 로즈가 아는 거의 모든 사람, 어릴 적 함께 손뼉 놀이를 하던 친구들, 그리고 훗날 체중 감량을 홍보하는 체육관 체인을 같이 운영하게 될 남자까지 모두 일기 예보를 따르듯 신을 믿었다. 로즈가 나고 자란 집에는 방마다 십자가가 걸려 있었다. 노인이 되어도 그는 미사에서 하는 여러 동작을 기억할 것이다. 일어나고, 앉고, 다시 일어났다가 앉고, 무릎을 꿇고, 기도문을 읊고, 다시 서고, 앉는 그 몸짓들. 찬송가 가사와는 전혀 상관없는 미사에서 하는 몸의 안무, 그 기계적인 동작들은 로즈가 기억하기에 신이라는 개념의 가장 진실하면서도 이교도적인 측면이다. 어릴 적 로즈는 질문하는 건 무례한 짓이라는 말을 들었다. 미사에서는 다른 사람들이 하라는 대로 하니 차라리 편했다. 하지만 여기 이 리노의 경기장에서 열일곱 살의 짧은 머리 복서인 로즈 뮬러에게는 그 어떤 지시도 떨어지지 않는다. 누구도 그에게 타냐 모의 어깨를 주먹으로 치라고 말하지 않고, 왼손을 좀 더 높이 들라고 알려 주지 않는다. 그래서 타냐 모가 그를 가격한다. 세 번째 승리는 타냐 모의 승리로 돌아가고, 로즈 뮬러와 타냐 모는 각자의 코너로 돌아가 앉는다.

★★★

 머리 땋는 법 역시 대개 언니에게 배운다. 리노에는 같이 오지 않았지만, 타냐 모에게도 언니가 있다. 언니가 타냐 모에게 머리 땋는 법을 가르쳤고, 손뼉 놀이도 전수했다. 타냐 모의 언니는 그보다 두 살 많은데 지혜를 전하기에 가장 이상적인 나이 차다. 그들이 자란 앨버커키의 평평한 단층 목장 주택 안, 동그란 킬림 러그 위에서 언니는 타냐에게 머리 땋는 법을 가르쳤다. 언니는 타냐 모의 여덟 살짜리 손을 잡고 손가락을 나누어 주었다. 그리고 타냐의 두 손을 잡고 어깨 앞으로 머리를 가지런히 넘기되 머리카락이 정확히 가운데에서 갈라지게 했다. 머리가 양쪽으로 균등하게 떨어져 척추 위쪽에서 두 갈래로 모아질 수 있도록 말이다. 갈래머리부터 시작해야 해. 언니는 그렇게 말했다. 언니가 동생에게 머리 땋는 법을 가르치는 이유 중 하나는 동생 머리를 계속 땋아 주지 않아도 되게 하기 위해서다. 땋은 머리의 기본은 구조가 단순하다. 작은 세 가닥을 교차시켜 평평하고 조금 더 굵은 머리 한 가닥을 만드는 방식. 하지만 그게 다가 아니야. 물고기 꼬리 땋기, 프렌치 스타일로 땋기, 고리 모양으로 땋기, 밧줄 모양으로 땋기, 사다리 모양으로 땋기 같은 것도 있어. 타냐 모의 언니는 그렇게 설명했다. 머리 전체를 땋을 수도 있고, 몇 가닥만 땋을 수도 있어. 작고 가느다란 머리카락들을 엮어서 더 크고 단단한 형태로 만드는 방법에는 끝이 없단다.

타냐 모와 언니가 자란 앨버커키의 평평한 단층 목장 주택 안, 그 거대한 원형 킬림 러그는 수많은 지혜가 전해진 무대였다. 또한 가족의 비극이 일어난 무대이기도 했다. 그 러그 위에서 두 자매는 사촌 하나가 오래된 엘리베이터에서 놀다 깔려 죽었다는 말을 부모에게 처음 들었다. 엄마가 아빠를 떠나겠다고 위협하는 말을 처음 들은 것도 거기다. 거기서 자매는 현관문이 열리고, 엄마가 문손잡이를 돌리면서 아빠가 서 있는 바닥에 침을 뱉는 장면을 지켜봤다. 겨울이었다. 타냐 모가 창밖을 내다보니 눈 위에 찍힌 발자국들이 어디로도 이어지지 않는 풍경이 보였다. 분명 어딘가에 엄마를 기다리는 차가 있었을 것이다. 우리 서로 머리를 땋아 주자. 언니가 말했다. 타냐 모가 처음으로 자기 얼굴을 다른 사람의 얼굴에 맞춰 넣는 법을 배운 곳. 그 커다란 원형 킬림 러그가 바로 그의 무대가 됐다.

★★★

복싱은 그보다 훨씬 나중에 타냐 모의 인생에 등장한다. 친구의 친구가 그를 첫 복싱 수업에 데려간다. 집에서 아버지와 둘만 있는 것보다는 복싱하는 게 훨씬 나았다. 학교 연극은 한 학기에 겨우 두 번밖에 안 올리니까. 그 무렵 언니도 집을 떠났지만, 겨울에 떠난 엄마처럼 영영 가버린 건 아니었다.

★★★

도터스 오브 아메리카컵에 출전한 모든 소녀가 과거의 유령을 상대로 싸우고 있는 건 아니다. 그러나 겨울밤에 사라진 타냐 모의 엄마, 앤디 테일러가 잊지 못하는 빨간 트럭 꼬마는 이 소녀들이 링 위에서 싸울 때도 그들의 머리 위를 맴돌고 시합이 끝난 뒤에도 계속 따라다닌다. 사라진 사람들은 이 선수들의 일부다. 이들은 마치 바이러스처럼 이들의 몸속, 척추 마디마디에 잠복해 있다. 엄마가 자신을 떠난 기억이 완전히 사라졌다고 느끼는 바로 그 순간, 그것은 다시 타냐 모의 두뇌 앞쪽, 두 눈 사이에 나타난다. 로즈 뮬러를 상대로 싸우던 중, 타냐 모는 그 평평한 단층집에 깔려 있던 커다란 원형 킬림 러그가 보인다고 생각한다. 그것은 체육관 구석에 있다. 러그의 붉고 푸른 실들은 가운데에서 바깥으로 갈수록 서서히 색이 바뀐다. 그 위에 타냐 모의 언니가 앉아 있다. 무릎을 꿇고 발 위에 엉덩이를 얹은 채 앉은 자세로. 타냐처럼 언니도 머리를 양쪽으로 땋아 고리 모양을 만들었다. 언니는 손뼉 놀이를 하고 있지만 같이 할 사람이 없어 허공을 향해 손뼉 동작을 흉내 내고, 짓궂은 가사들을 입 모양으로 따라 하고 있다. 언니의 입 모양은 오직 타냐만 볼 수 있고, 언니의 목소리도 오직 타냐만 들을 수 있다. 언니는 박자를 놓쳐서 처음부터 다시 시작한다. 4라운드가 끝나 간다. 심판석에 놓인 붉은 LED 시계가 펀치를 날릴 수 있는 마지막 시간을 카운트다운하고 있다.

앤디 테일러처럼, 타냐 모도 직접 차를 몰고 리노에 왔다. 하지만 플로리다주 탬파가 뉴멕시코주 앨버커키보다 훨씬 멀다.

★★★

　모든 소녀의 머릿속에는 작은 강낭콩 크기의 풍선이 하나씩 들어 있다. 그 강낭콩은 뼈 아래, 코 위, 두 눈 사이에 있다. 그 속에는 소녀들이 지금까지 살면서 일어난 모든 일이 녹아든 수프가 담겨 있다. 타냐 모는 그 강낭콩 안에서 앨버커키의 평평한 단층집에 깔려 있던 그 원형 킬림 러그를 다시 본다. 벼룩만 한 크기의 작은 러그 복제품이 타냐의 마음속 어딘가에 있는 그 강낭콩 안에 살고 있는 것이다.

★★★

　로즈 뮬러의 강낭콩 안에는 미니 십자가들과 바벨들, 스트립 몰들, 그리고 댈러스 도심의 모든 네온사인이 들어 있다. 체중 감량 프로그램들과 남편과 사촌들까지도. 로즈 뮬러와 타냐 모가 복싱을 할 때, 그 강낭콩은 두 사람의 뇌 속에서 고동치며 그들의 머릿속으로 흘러나온다. 앨버커키의 평평한 단층집 거실에 깔려 있던 그 큰 원형 킬림 러그가 타냐 모의 눈으로 뚝뚝 흘러든다. 타냐 모가 그쪽을 보자 여전히 구석에서 허공에 대고 손뼉을 치고 있는 언니가 보인다. 타냐 모가 로즈 뮬러의 어깨를 가격한다. 이번 라운드는 타냐 모의 승리다. 이로써 점수는 3 대 1로 타냐 모가 앞서기 시작한다. 학교 연극이 없던 오후들, 그 시간 속에서 타냐 모는 다른 사람의 얼굴을 치는 법을 배운다. 그건 다른 사람의 얼굴에 자기 얼굴을 맞춰 넣는 방법을 배우는 것과는 사뭇 다르다. 타냐 모의 오른손도 로즈 뮬러를 잘 때리지만, 그보다는 왼손이 훨씬 낫다. 타냐 모는 자신이 연기자로서 괜찮다는 사실을 공연이 끝난 후 다가온 한 관객의 말로 알게 되었다. "당신은 분명 언니를 잃은 적이 있군요. 나도 언니를 잃었거든요. 얼굴을 보고 알 수 있었어요. 니콜 언니를 잃었을 때 내가 본 건 배우의 얼굴이 아니라 실제로 언니를 잃은 당신의 얼굴이었어요. 그건 정말로 일어난 일이었던 게 분명해요." 타냐 모는 그 관객의 오해를 정정하지 않았다. "고맙습니다. 제가 언니를 잃은 걸 알아봐 주셔서." 타냐 모는 말했다. 5라운드가 시작되자 타냐 모가 로즈 뮬러의 어깨를 가격한다.

타냐 모와 로즈 뮬러는 둘 다 지독하게 싸우는 선수다. 둘의 타격은 가차 없고 정확하다. 때릴 때 망설임도 없다. 둘 다 체중을 다 실어서 힘껏 친다. 팔도 강하지만, 진정한 힘은 다리에서 가장 잘 드러난다. 땀에 젖어 번들거리는 허벅지, 투광 조명등을 받은 다리는 사람 다리라기보다 짐승 다리처럼 보인다. 둘은 워낙 가까이 붙어 있어 멀리 떨어진 체육관 구석에서 보면 하나의 동물이자 한 몸에서 나온 네 다리처럼 보인다. 네 다리가 휘청거리고, 얽히고, 또 휘청이고 뒤로 물러났다가 끙 소리를 낸 후 떨어져 나와 각자의 자리에 주저앉는다. 5라운드에서 그들은 둘로 쪼개졌다가 다시 하나가 된다.

레이첼 도리코는 대니얼 분 스타일의 모자에 달린 너구리 꼬리를 씹으며 이 경기를 지켜본다. 두 선수의 실력이 막상막하지만 로즈 뮬러의 타격이 좀 더 강해 보인다. 로즈 뮬러가 한 방씩 먹일 때마다 그 충격이 자신의 발바닥을 타고 올라오는 것 같다. 로즈 뮬러에게 꽂힌 레이철의 시선이 강렬하다. 설사 로즈 뮬러의 자세에 균열이 있다 쳐도, 레이철의 눈엔 보이지 않는다. 발 간격이 너무 넓나? 레이철은 생각한다.

★★★

 도터스 오브 아메리카컵의 시합이 시작되기 전, 선수끼리는 말을 섞지 않는다. 체육관 안에는 언어가 설 자리는 없다. 그곳에서 통하는 언어는 동물의 언어, 냄새와 감각과 소리로 이루어진 언어다. 로즈 뮬러의 글러브를 낀 주먹은 타냐 모의 가슴을 누르는 동물의 발 같다. 로즈 뮬러와 타냐 모의 주먹은 인사를 나누듯 부딪쳤다가 물러난다. 그들은 빠르고 힘차게 링 위를 누비고 다닌다.

★★★

 로즈 뮬러의 양 눈 사이에 있는 강낭콩에 담긴 수프에는 그가 평생 배워 온 손뼉 놀이들의 가사가 저장되어 있다. 이곳에는 또한 너무 익숙해져서 이제는 어떻게 하는지 설명하기도 힘들고, 때로는 자신이 할 줄 안다는 사실조차 잊어버린 동작들도 있다. 여기에 로즈는 미사 때 외우던 이상한 몸짓의 순서들과 카드 게임의 규칙들을 저장하고, 또 왼손 점프 훅 기술도 이곳에 생생하게 살아 있다. 로즈 뮬러는 나이가 든 후에도 자신이 태어나고 죽게 될 댈러스 교외의 마을에서 산다. 어느 날 그는 자신이 정복

한 왼손 점프 훅을 떠올리고 아직도 그게 자기 안에 남아 있을지 궁금해한다. 그 오랜 세월이 흘렀는데도 여전히 그게 있을까? 그때 그 왼손 점프 훅이 갑자기 그의 몸 밖으로 튀어나온다. 남편과 같이 운영하는 체육관에서 혼자 있던 그는 느닷없이 튀어나온 왼손 점프 훅에 놀랄 것이다. 그는 그것을 자신의 몸에서 불러낼 것이다. 그의 팔에서 뻗어 나와 샌드백을 때리는 그 점프 훅을 경이로운 눈으로 바라볼 것이다. 그의 두 다리가 바닥에서 뛰어올라 공중에서 잠시 둥둥 떠 있는 동안, 왼손이 펼쳐지듯 위로 올라가는 그 순간. 공중에 떠 있는 그 찰나의 순간에야 로즈는 이 점프 훅을 사람들이 때로는 짐승의 훅이라고 부른다는 사실을 기억할 것이다. 가젤이 달릴 때 네 다리를 모두 공중에 띄우는 것처럼, 발이 지상을 떠났다가 다시 닿기 직전 그 찰나의 순간에 왼손 점프 훅이 시작된다. 이번 라운드는 로즈 뮬러의 왼손 점프 훅으로 끝날 것이다.

★★★

로즈가 남편과 함께 체중 감량을 홍보하며 차릴 체육관은 열정에 차서 시작한 사업은 아니었다. 복서로서 누렸던 영광을 다시 맛보려거나, 자신이 세계 최고 복서 중 하나였던 시절을 기억하려고 한 것도 아니었다. 그건 그저 그가 운영할 줄 아는 작은 사업체일 뿐이었다. 하루 여섯 시간씩 운동하다 그만둔 운동선수들이 대체로 그렇듯 로즈 뮬러는 복싱을 그만둔 후 체중이 급격히 늘었다. 그제야 그는 자기 몸이 매일 전력을 다해서 쓰지 않는 한 어떻게 그 안에서 살아야 하는지도 모른다는 사실을 깨달았다. 그의 몸은 벽에 던져 버리거나 아니면 아예 쓰지 않는 방법밖에 모르게 되어 버렸다. 다년간 제대로 쓰지 않은 채 책상 앞에 앉아 지낸 그의 몸은 고장 났고, 무릎이 아팠고, 자동차까지 걷는 것조차 너무 힘들었다. 그제야 로즈는 다시 이 몸을 정상으로 되돌릴 길이 없는지 자문한다. 그는 소녀 시절 들어 올렸던 벤치 프레스와 바벨, 덤벨과 레그 프레스를 떠올릴 것이다. 자신을 다 던져 넣고 집요하게 몰아붙이며 싸웠던 그 추진력과 복싱이 그의 인생을 통째로 집어삼켰던 방식도.

　뭔가에 사로잡혀 사는 삶은 근사할 수 있다. 하지만 감상적이고 어리석으며 극적일 수도 있다. 많은 사람들이 신이 연출한 연극을 선택한다.

★ ★ ★

로즈 뮬러는 열한 살 때 묵주 기도를 배웠다. 반복되는 구절들, 기도문들, 묵주 기도를 올리며 손으로 묵주 알을 넘기는 방식. 그 모든 게 로즈에게 손뼉 놀이를 떠올리게 한다. 성모 마리아에게 드리는 기도문과 주기도문과 영광송을 읊는 소리는 야한 손뼉 놀이 가사를 읊을 때 나오는 소리와 무척이나 비슷하다. 리노에서 복싱 경기를 치르는 라운드 사이사이 로즈는 기도문과 손뼉 놀이 노래를 소리 없이 중얼거린다. 그건 입술을 움직이지 않고도 할 수 있고, 머리를 비우기에 딱 좋다.

★ ★ ★

신에 집착하는 게 나쁜 건 아니다. 다만 같은 신을 믿는 사람들이 한데 모이면 세상이 종종 한쪽으로 기울어지는 경향이 있고, 가끔은 악의적인 방향으로 기울어지는 게 문제다. 로즈 뮬러는 그 점을 간파할 만큼은 똑똑하지만, 신에 관한 관심을 자신만의 방식으로 실천할 정도로 똑똑하진 않다. 이미 주문한 저녁 식사를 주방으로 돌려보내긴 어려운 법이다. 특히 댈러스 교외, 자기가 사는 마을에서는 더욱 그렇다. 그곳에서는 모두 서로의 사생활을 안다. 그러니 그냥 나온 대로 먹는 게 훨씬, 훨씬 더 쉽다.

★★★

밥의 복싱의 전당에서 벌어지는 오늘의 마지막 경기에서 햇빛은 완전히 사라졌다. 체육관 안을 비추는 투광등들이 로즈 뮬러와 타냐 모의 몸에서 수많은 그림자를 만들어 낸다. 각 투광등은 서로 다른 회색 실루엣을 바닥에 드리운다. 그 그림자들이 일부 겹치면서 각 소녀의 그림자 무리 한가운데 짙은 어둠의 핵이 고인다.

★★★

타냐 모가 앨버커키를 떠나기는 굉장히 쉬웠다. 그의 아버지, 그렇다. 그는 여전히 그 단층집에 살고 있지만, 아내가 겨울에 떠난 뒤 그 누구도, 딸들조차 제대로 사랑할 수 없었다. 아무 애정도 주지 않는 곳을 떠나기는 쉽다.

★★★

하지만 타냐 모는 아버지가 여기 리노에 같이 있으면 좋겠다고 생각한다. 타냐는 뉴멕시코주 앨버커키에서 네바다주 리노까지 혼자 차를 몰고 왔다. 리노에 오기 위해 라스베이거스를 지나야 했다. 도착했을 때 차창 너머로 본 라스베이거스가 마치 리노의 부모처럼 보인다고 생각했다. 라스베이거스는 리노의 엄마인가? 그렇다면 아버지는 누구지? 리노의 중심가는 라스베이거스가 자신의 번쩍거리는 거리를 축소해서 물려준 것처럼 보이는 풍경이었다. 라스베이거스의 초대형 몰들은 리노에도 있지만, 단지 조금 작을 뿐이었다. 리노의 집창촌 광고판은 라스베이거스보다 더 오래돼 보였고, 카지노들 역시 라스베이거스와 똑같았지만 조금 축소된 모형 같았다. 리노 중심부에 있는 커다란 돔 모양의 건물만 빼고는. 그건 라스베이거스에 없다. 그 돔은 마치 달을 본떠 만든 우주선처럼 보인다. 타냐는 밥의 복싱의 전당으로 가기 위해 리노의 번화가를 지날 때 속도를 줄였다. 돔 앞 전광판에는 이렇게 쓰여 있었다. '시저스 실버 레거시 리조트 앤 카지노'. 난 지금 자기 국민에게 암살당한 로마의 독재자 이름을 딴 곳에 있군, 타냐 모는 생각했다.

타냐 모는 열여덟 살 때 로스앤젤레스로 이주할 것이다. 거기서 배우가 되기 위해 시도하고, 실패하고, 다시 시도하고, 또 실패하고, 조금 성공하다가 다시 실패할 것이다. 그러다 그 이중 살인 코미디 영화로 마침내 사랑받는 할머니 전문 배우가 된다. 하지만 연기로 돈을 벌기 몇 년 전에 타냐는 엄마가 딸들을 떠나는 연극에 출연하게 된다. 타냐 모는 연기에서만큼은 끝까지 밀어붙이는 성격이다. 그는 기본적으로 배우는 비극을 실제로 경험하지 않아도 연기할 수 있다고 믿었다. 그런데 그 연극 무대에서 그는 겨울에 사라진 엄마, 딸들을 떠나는 선택을 한 엄마를 연기할 것이다. 그 순간 타냐는 알았다. 자기는 지금 연기하고 있는 게 아니라 훨씬 더 기이한 뭔가에 빙의돼 있음을. 그 연극 속에서 타냐는 타인의 얼굴에 자기 얼굴을 맞추는 게 아니라 엄마의 얼굴에 맞추고 있었고, 그 아슬아슬한 감정의 곡예가 죽을 만큼 고통스러웠다.

★ ★ ★

6라운드는 타냐 모가 로즈 뮬러를 치면서 시작한다.

두 사람의 얼굴이 모두 배우의 얼굴처럼 보인다.

★ ★ ★

타냐 모가 그 역을 맡은 건 우연이었다. 원해서 맡은 게 아니지만, 제안이 들어온 이상, 거절하면 체면이 깎일 것 같아 수락했다.

★ ★ ★

타냐는 얼굴을 가린 채 두 손을 작게 빙빙 돌린다. 물에 젖은 밧줄처럼 축 늘어진 고리 모양의 땋은 머리채가 그가 앞으로 내지를 때마다 등을 탁탁 후려친다.

★ ★ ★

밥의 복싱의 전당 밖, 사람들이 리노 시내로 몰려든다. 빛에 끌리는 나방처럼 카지노 안으로 빨려 들어간다. 깊이 들어갈수록 불빛이 밝아져서 카지노 중심으로 가면 새하얀 네온 불빛이 눈을 찌른다. 마치 죽음의 추파에 끌려가는 나방 같다. 하지만 그들을 기다리는 것은 죽음이 아니라 술이 섞인 슬러시가 든 거대한 플라스틱 컵이다. 사람들은 모두 수류탄처럼 생긴 그 컵을 들고 빨대를 빨고 있다.

★★★

타냐 모는 한 연로한 연기 스승을 통해 엄마가 딸들을 떠나는 그 연극에 대해 처음 들었다. 오디션을 보러 갔을 때 그 스승의 추천으로 자신이 이미 그 역에 캐스팅되었다는 사실을 알게 됐다. 거의 아무도 보지 않을 공동체 연극이라는 걸 알았기에 속이 살짝 울렁거렸지만, 그는 여전히 연기에 취해 있었고 평생을 그렇게 살아왔다. 그렇게 무대 위에서 자신의 얼굴을 타인의 얼굴에 맞추려 애쓸 때면 아무도 볼 수 없는 자신의 일부에 닿을 수 있었다. 그의 내면은 너무나 심하게 산산조각이 나서 그 조각들을 하나로 모으는 방법은 연기를 통해 허구의 인물을 외적으로 구현해 내는 것뿐이었다. 그래서 어머니를 흉내 내는 이번 역할, 딸들을 떠난 여자를 연기해야 하는 이번 역할은 그에게 유독 끔찍하고 고통스럽게 다가왔다. 이번에는 타인의 얼굴이 아니라 바로 어머니의 얼굴을 자기 얼굴에 맞춰 끼워야 했기 때문이다. 자기 안에 이미 있는 무언가를 연기할 때처럼 어머니를 연기할 때도 연기에 취한 그 감정이 찾아올 수 있을지 타냐는 확신이 서지 않았다. 자기 안에 어머니가 있는지도 알 길이 없었다. 겨울에 사라져 버린 어머니가 자기 안에 있다는 건 충격적이고 믿기 어려웠다. 극 중의 어머니는 다른 남자와 함께 있기 위해 딸들을 떠난다. 하지만 겨울에 사라진 타냐 모의 어머니는 이야기가 달랐다. 타냐 모의 어머니는 앨버커키의 단층집이 견딜 수 없어 떠났다. 그 커다란 원형 킬림 러그. 낡디낡은 주방. 토스터 오븐과 욕실의 누런 타일과 가짜 어도비 외벽까지. 그 모든 것들이 타냐 모의 어머니에게 뭔가 끔찍한 말을 속삭인 것이다.

한밤중 타냐 모의 마음속으로 어머니가 찾아온다. 자식이 없으면 어디든 떠날 수 있어. 어머니가 설명한다. 자식이 있는데 떠나고 싶으면, 그 아이들을 두고 가는 걸 고려해야 해.

★ ★ ★

    리노의 카지노 바깥 트러키강을 따라 난 산책로에서는 남자들이 지나가는 남자들에게 성매매 광고 카드를 툭 던지듯 건넨다. 카드에는 흐릿한 1980년대풍 누드 사진과 '여자와 직접 통화할 수 있는' 전화번호가 적혀 있다. 그들은 카드를 서로 부딪쳐서 소리를 내 지나가는 이들의 관심을 끈다. 카드끼리 부딪치는 소리는 벌레 떼가 윙윙거리는 소리 같다. 리노의 강가를 걸으려면 그 쏟아지는 카드 공격을 뚫고 가야 한다. 카드가 부딪칠 때 나는 소리는 박수 소리 같기도 하다. 카드를 받아서 주머니에 넣는 남자도 있고, 받자마자 바닥에 버리는 남자도 있다. 그렇게 산책로 바닥은 버려진 칼라와 엠마, 사라, 클로데트로 뒤덮이고, 로살리아와 소피아, 올리비아, 미아가 길바닥을 뒤덮는다. 카드를 건네는 남자들 앞으로 지나가는 사람이 남자로 안 보이면 카드를 얼굴 앞까지 들이밀지는 않지만, 여전히 그 카드들은 날아갈 것이다. 다만 허공을 향해 좀 더 무차별적으로 흩어질 뿐. 그 틈으로 지나가는 여자가 그들과 눈을 마주치려 하면, 그들은 외면하지 않는다.

★ ★ ★

로즈 뮬러는 외면하는 기술을 주요 무기로 갈고닦았다. 미사를 드릴 때도, 일터에서도, 그가 태어나고 죽게 될 마을, 그러니까 댈러스 어디에서든 시선을 돌리는 것만으로 거의 모든 상황에서 빠져나올 수 있었다. 지금, 리노의 링 위에서도 이 외면의 기술은 크게 도움이 된다. 상대와 눈을 맞추는 것은 복서가 이용할 수 있는 가장 미묘하면서도 효과적인 조종의 기술이기 때문이다. 로즈 뮬러는 천창을 봄으로써 타냐 모에게 아무 신호도 주지 않는다. 그는 왼 주먹을 날린 뒤 시선을 위로 향한다. 천창 너머로 별들이 점점이 박힌 검은 밤하늘이 보인다. 그 눈 밑으로 타냐 모가 물러서면서 옆으로 빠지다 바보같이 오른쪽 몸통을 로즈 뮬러의 주먹에 고스란히 드러내는 것이 언뜻 보인다. 그러자 로즈 뮬러는 천창 너머에서 다시 링 위로 돌아온다. 이즈음 타냐 모는 로즈 뮬러의 펀치를 세 대나 맞은 후 헉헉거리고 있다. 6라운드는 로즈 뮬러가 이겼다. 이로써 점수는 동점이 되어 사실상 경기는 원점으로 돌아갔다. 로즈 뮬러는 자신의 승리를 확인한 후, 오른쪽을 보고 왼쪽을 본다. 그는 물을 벌컥벌컥 들이켜고 자리에 앉는다. 몸 안에 깃든 힘이 정신까지 장악하는 게 느껴진다. 그의 가슴과 머리와 팔은 척추 위에 완벽하게 정렬되어 있다.

★★★

타냐 모는 배우가 되는 자신의 미래를 아직 모른다. 여기 도터스 오브 아메리카컵 한복판에 있는 타냐 모는 복서다. 하지만 마찬가지로 아직 아이, 자신의 삶이 자기가 아는 사람들의 삶과 비교해 얼마나 다를지 기다리며 지켜보는 소녀에 불과하다.

★★★

타냐 모는 겨울에 사라졌던 어머니 연기를 하는 연극에서, 자신의 경계가 점점 흐려지면서 극의 풍경 속으로 스며드는 느낌을 받았다. 리허설 때면 자신이 무대 세트에 섞여 변하고, 손에 쥔 소품 속으로 사라지고, 손이 닿는 모든 사물 속으로 두 팔이 녹아들고 있다고 느꼈다. 자신의 인생에 일어난 가장 끔찍한 일을 연기하다 보니 그런 식으로 자기 몸에서 떠날 수밖에 없었다. 그는 대사 하나하나를 완벽하게 전달했지만 연기 스타일은 끔찍했다. 배우 인생 최악의 연기였다. 연출가는 그가 너무 딱딱하게 굳어 있고 생기가 하나도 없어 보인다고 평했다. 그렇 겠지, 생기 없어 보이는 게 당연해. 타냐 모는 생각했다. 나는 딸이 아니라 그냥 사물이 되려고 애쓰고 있으니까. 그 공연을 끝까지 해내기 위해서 그는 공연 몇 주 전부터 혼자 지내면서 하루에 세 번씩 언니에게 전화를 걸었다. 언니는 늘 이렇게 달랬다. 이제 우린 거기에 없어, 타냐. 우린 그 러그 위에 있지 않아, 타냐. 하지만 거울을 들여다보면 거울에 비친 자기 모습 뒤에 있는 그 원형 킬림 러그를 볼 수 있었다. 타냐는 남은 평생 그의 인생 일부는 영원히 그 러그 위에서 살아가리라는 사실을 분명히 알았다. 나는 그 러그 위에서 죽을 거야, 타냐는 생각했다. 그리고 실제로 그렇게 죽었다. 수십 년이 지난 후 그는 병원 침대 위에서, 모두가 죽어 가는 그 끔찍하고 멸균된 기계들에 연결된 채 누워 옆에 뭔가가 손에 닿는 걸 느낄 것이다. 그리고 어깨 밑으로 러그의 거친 짜임새가 전해질 것이다. 대부분의 킬림 러그와 달리, 그 러그는 땋은 밧줄을 소용돌이처럼 감아서 하나로 꿰매 만든 것이었다. 그것은 똬리를 튼 뱀 같기도 하고, 꽃의 중심을 단면으로 들여다본 모습 같기도 했다. 이 러그 위에서 산 인생도 나쁘지 않았어. 참 아름다운 러그야. 타냐 모는 어머니에게 말할 것이다. 어머니는 집을 떠날 때 그 러그를 가져갈걸 그랬다고 후회했다.

★ ★ ★

7라운드가 시작되자, 로즈 뮬러는 타냐 모의 갈비뼈를 강타한다. 왼손 점프 훅만큼 강력한 타격은 아니지만, 득점을 올리기엔 충분하다. 심사 위원들이 유효타를 선언하고, 휴대폰으로 시간을 확인한다. 동점이라는 치열한 긴장감은 심판들의 무딘 두뇌에는 전혀 전달되지 않는다. 심사 위원들은 온종일 경기를 심사했다. 오늘은 평일이 아니라 토요일이다. 심사 위원들은 여자 청소년 복싱만 심사하는 게 아니라 따로 직업이 있는 사람들이다. 이들은 세이프웨이 슈퍼마켓에서, 아마존 물류 창고에서, 카지노의 술 폭탄들 사이에서 일하는 사람들이다. 이들이 입은 하얀 옷은 유니폼이 아니라 심사 위원처럼 보이게 입으라는 밥의 지시에 따랐을 뿐이다. 이들 중 몇 명은 심지어 복싱을 좋아하지도 않는다. 이들은 유튜브 영상 몇 개와 밥이 보낸 한 장짜리 안내문으로 복싱 규칙을 익혔다. 이들은 어서 차를 타고 자신들의 듀플렉스[11] 집으로 가거나, 나가서 바텐더 일을 하거나, 친구 소파에 누워 대마를 피우다 뻗고 싶어 한다. 부모들, 코치들, 도터스 오브 아메리카컵

---

[11] 두 가구가 사는 구조의 집.

이 심판에게 지정한 색이 바랜 흰색 셔츠를 입은 건들거리는 남자들. 이들은 강렬한 빛이 뿜어져 나오는 소녀 복서들과 비교하면 전체적인 윤곽마저 흐릿해 보인다. 이들의 겨드랑이 밑으로 번진 땀자국은 속세에 짓눌려 병들어 버린 흔적이자, 썩어 가는 인간의 분명한 표식처럼 보인다. 그들에게 소녀 복서들에게는 없는 분위기가 감돈다. 소녀 복서들은 썩어 가는 인간과는 정반대의 존재다. 그들은 빠르고 정확하게 죽음으로부터 달아나고 있다. 그들에겐 불사의 기운이 피어오른다. 아무리 둔한 심판이라도 이 소녀들은 평범한 인간이 아니라는 걸 느낄 수 있다.

로즈 뮬러가 타냐 모의 얼굴을 가격하고, 이어서 머리 옆과 팔과 옆구리를 강타하자, 타냐 모는 이 라운드가 좋게 끝나지 않으리라는 걸 직감한다. 그리고 이번 라운드가 끝났다. 예상대로 타냐 모에게 유리한 결과는 아니었다. 다음 라운드마저 로즈 뮬러가 이기면 경기는 끝날 것이다.

★★★

　로즈 뮬러는 체온을 재는 것과는 다른 방식으로 신에게 돌아간다. 그는 세상에 더 큰 질서가 존재한다는 말에 회의적이며, 설령 신이 있다 쳐도, 그에겐 육체나 얼굴이 없으리라 믿는다. 삶과 죽음이 얽혀 있는 댈러스의 고향 마을에서 로즈 뮬러는 거의 매일 미사에 가지만, 그가 신의 존재를 가장 의심하는 건, 바로 미사에 함께 앉은 이들 때문이다. 그들은 대부분 잔인하고 편협하다. 체중 감량을 홍보하는 체육관에서 그는 운동복을 입은 그들의 연약하고 무너져 가는 몸을 바라본다. 몸매가 좋아 보이는 사람들조차 어딘가 느슨하고 처져 있다. 그 몸들이 어디선가 왔을 텐데, 그곳을 뭐라 불러야 할지 모르겠다. 자궁도 천국과 같은 곳인가? 로즈 뮬러는 벤치 프레스에 앉아 있다가 문득 그런 생각이 든다. 리노에서 들리는 교회 성가는 위로가 되지만 왜 그런지는 알 수 없다. 어쩌면, 그 노래들은 그저 그가 인생이라는 마을을 마음속에 품고 다니는 방식일지도 모른다.

★ ★ ★

로즈 뮬러의 키는 178센티미터 정도로, 아홉 살 때 거의 다 자랐다. 초등학교 3학년이었던 그는 아이의 정신을 가진 어른처럼 보였다. 그는 그때도 그랬고 지금도 매우 조용하고 내향적이다. 로즈 뮬러는 자신에게 일어난 일을 온전히 이해하고 받아들이려면 적어도 이틀은 걸린다고 항상 느껴 왔다. 댈러스의 가톨릭 초등학교 3학년 때 다른 아이들이 그를 끊임없이 괴롭혔다. 큰 몸집 때문이었을까? 아니면 큰 몸을 불편하게 느끼는 그의 태도 때문이었을까? 아니면 말을 거의 안 해서였을까? 어쨌든 그가 심하게 왕따를 당했다는 데는 모두의 의견이 일치한다. 크리스마스 방학을 며칠 앞둔 날, 동급생 몇 명이 쉬는 시간에 그를 운동 기구 창고로 유인해서, 바깥에서 자물쇠를 채워 버렸다. 그는 시간이 멈춘 듯한 그 창고 안에 한참 갇혀 있었다. 창고 안에서 3학년인 로즈 뮬러의 마음은 댈러스를 둘러싼 광활한 초원처럼 쭉 펼쳐졌다. 마음속에서 그는 바람이 키가 큰 풀들을 흔들고 그 사이로 노란 들꽃들이 위아래로 흔들리는 풍경을 보았다. 눈 깜짝할 사이에 그 초원의 풍경은 수정 같은 서리가 얼어붙은 겨울에서 초록이 싱그러운 봄으로, 가뭄으로, 죽음으로, 그리고 모래로 바뀌었다. 마음속에서 그의 몸도 먼지가 됐음을 알았다. 열두 시간이 지난 뒤 부모와 교사들에 의해 발견됐을 때, 그는 아침에 학교에 갔던 아이와는 전혀 다른 아이처럼 보였다. 고등학교에 진학한 뒤 복싱을 시작하면서, 로즈 뮬러는 종종 그 창고에서의 영원과 창고 문틈으로 별처럼 폭발하듯 지던 해를 떠올린다. 복싱은 먼지가 자욱한 초원에서 혼자 있는 것과는 정반대다. 로즈 뮬러는 자신과 싸우는 데 동의한 모든 소녀를 사랑한다. 굳이 말로 표현할 필요도 없이 그들은 그와 함께 있겠다고 약속한 사람들이기 때문이다. 타냐 모가 그에게 주먹을 날릴 때조차, 로즈 뮬러는 타냐 모를 사랑한다. 이렇게 살아서 서로 싸우고 있다는 것 자체가 하나의 선물이다.

먼 훗날, 남편과 함께 체중 감량 체육관을 열기 전 회계사로 일할 때 로즈 뮬러는 이런 이론을 세운다. 넌 살 가치가 없다는 다른 아이들의 말을 믿게 된 아이들에 대한 이론. 그런 아이들은 어른이 되면 텔레파시 능력이 생긴다는 것이 로즈의 이론이다. 어린 시절 또래 사이에서 눈치껏 처신하지 못해 괴롭힘을 당했던 사회적 실패가 세월이 흐르며 사람을 보는 극히 예민한 감각으로 다듬어진다는 것이다. 로즈 뮬러는 예나 지금이나 말수가 적지만 가끔은 다른 사람들의 머릿속에서 지금 어떤 말이 나오는지 대충은 알 수 있다고 생각한다.

★★★

리노의 링 위에서 로즈 뮬러는 타냐 모의 생각이 느리고 끈적끈적하게 흘러가는 걸 감지한다. 로즈 뮬러가 칠 때, 타냐 모의 팔다리는 하얗고 진한 꿀처럼 느껴진다.

★★★

로즈 뮬러의 복싱에서 가장 인상적인 건 그가 끈기 있게 싸운다는 점이다.

★★★

로즈 뮬러는 타냐 모가 지금 이곳 리노 시합에 완전히 집중하는 건 아니라는 걸 알 수 있다. 어쩌면 타냐 모는 마음속으로 어딘가 다른 곳으로 가 버렸을지도 모른다.

★★★

    8라운드가 시작되자 타냐 모는 언니를 그만 보려 애쓴다. 하지만 타냐 모의 눈에는 여전히 체육관 구석의 둥근 킬림 러그 위에 앉아 있는 언니가 보인다.

★★★

    로즈 뮬러의 아버지도 여기 리노에 와 있다. 시공업자로 일하는 그는 따로 시간을 내기가 쉽지 않았다. 하지만 그는 외동딸을 사랑한다. 아무리 말수가 적은 딸일지라도. 로즈 뮬러의 아버지는 창고 사건이나 그것 때문에 로즈가 학교를 옮겨야 했던 일은 생각하지 않는다. 로즈는 그때보다 컸으니까. 이제는 십 대가 됐고 친구도 있는 데다, 성적이 좋으며 복싱 코치는 로즈가 챔피언처럼 싸운다고 말한다. 나는 저 아이가 자랑스러워. 로즈 뮬러의 아버지는 생각한다. 미사에 충실하게 가는 것도 그런 식으로 생각한다. 복잡할 게 뭐 있어, 그는 생각한다. 내가 내 딸을 사랑하는 건 복잡하고 말고가 없는 일이지.

★ ★ ★

로즈가 공립 학교에 다니기 시작한 후에도, 그의 부모는 여전히 창고 사건이 일어났던 그 본당에 매주 로즈를 데리고 미사를 드리러 간다.

★ ★ ★

타냐 모는 로즈 뮬러 안에 뭔가 연약한 것이 보이는 것 같다고 생각한다. 어쩌면 저 아이의 뼈는 유리로 만들어진 게 아닐까, 타냐 모는 생각한다.

★ ★ ★

로즈 뮬러가 재빨리 여섯 번의 펀치를 퍼부은 후 마지막 라운드가 끝난다. 로즈 뮬러가 이겼다. 타냐 모와 로즈 뮬러는 서로 등을 돌린다. 어깨를 구부린 채 서로에게서 천천히 멀어진다. 헐떡거리는 숨소리와 공허한 기운이 주위를 감싼다. 시합을 구경하던 사람들은 오늘 하루가 끝났다는 사실에 놀란다. 로즈 뮬러와 타냐 모는 둘 다 정확하고 치열한 파이터였다. 두 사람은 마치 한 동물의 일부처럼 함께 움직였다. 대진표만 달랐다면, 둘 다 준결승전에 올라갔을 것이다. 8강 경기가 다 끝나자, 밥은 심판들과 이야기를 나누며 구석에 있는 투광 조명등부터 끄기 시작했다. 구석에서 보이던, 러그 위에 앉아 있던 타냐 모의 언니는 암흑 속으로 사라진다. 체육관 구석이 어두워지기 직전에 타냐 모는 언뜻 손뼉 치는 소리를 들은 것 같다. 타냐 모는 링 아래로 내려가서, 글러브를 벗은 뒤, 로즈 뮬러에게 다가가 악수를 청한다. 심판들은 의자들을 접고, 쓰레기를 치우며 뒷정리를 한다. 남은 사람이 별로 없는데도, 관중들이 발을 질질 끌며 걷는 소리와 심판들이 의자를 밀어 넣는 소리에 귀가 멀 것 같다. 로즈 뮬러와 타냐 모의 맨손이 마침내 닿았을 때 손뼉 치는 소리는 들리지 않는다. 다른 소음에 묻혀 그들의 손이 닿는 소리는 들리지 않는다.

심판과 소녀 복서, 그들의 부모, 코치 들이 차를 몰아 밥의 복싱의 전당을 떠나면서, 그들의 전조등 불빛이 사막에 둘러싸인 도로를 덮는다. 고속 도로 양옆의 땅은 적갈색이다. 슬라이드산이 리노 위에 왕관처럼 걸쳐 있다.

밤

다른 사람들은 오라 울트라 라운지, 페이시스, 스플래시, 렉스, 딜리가스 살롱에 가려고 리노에 온다. 넬리와 클럽 배니티도 가고 싶어 한다. 아르테미스 빅터는 클럽 배니티에 들어갈 수만 있다면 뭐든 할 것이다. 클럽 배니티에 들어가면 가짜 신분증으로 술을 마시고 높은 무대 위에 올라가 입고 있는 모든 옷이 물로 변할 때까지 춤을 출 것이다. 아르테미스 빅터는 스스로가 물이 될 때까지 춤을 출 것이다. 물이 된 자신이 클럽 바닥 곳곳에 뿌려지길 원한다. 7월 14일 밤 소녀 복서들이 자는 동안, 리노의 클럽들은 테마파크 스타일의 밤을 찾는 어른들로 가득 찬다. 카지노 슬롯머신에는 동전이 들어가고, 어른들은 오늘 밤을 즐기기 위해 특별한 옷을 고른다. 카지노의 불빛들은 마치 동물원의 파충류 우리 안을 비추는 조명 같다. 항상 켜져 있고, 항상 뜨겁고 파랗다. 그래서 클럽 안은 밤도 낮도 아닌 것처럼 보인다. 마치 리노의 클럽에 태양도, 달도 없는 것처럼. 파란 조명 속에서 어른들은 테마파크 버전의 자아가 된다. 피부는 전보다 훨씬 좋아 보이고, 몸은 실제보다 날씬해 보인다. 돈이 손가락 사이로 빠져나간다. 그들은 거의 아무런 힘도 들이지 않은 채 춤추고 마시고 섹스한다. 어른들은 소녀 복서들이 뭔가를 세상에서 제일 잘하고 싶어 하는 것처럼 자신도 뭔가를 그렇게 간절하게 바라기를 원한다. 소녀 복서들은 복싱에서 세계 최고가 되기를 바란다. 그들은 밤새 곤히 잔다. 그들은 클럽도 카지노도 춤도 꿈꾸지 않는다. 7월 14일 밤, 심지어 아르테미스 빅터마저도 승리만을 꿈꾼다.

깊은 밤

 리노의 하늘에 뜬 별들은 천문대 창을 통해 본 빠르게 감긴 하늘처럼 빙글빙글 돌아간다. 도심 한가운데는 빛 공해가 너무 심해 별을 보기가 쉽지 않다. 시저스 실버 레거시 돔에 가까워질수록 별들은 희미해진다. 심판과 코치들, 심사 위원들과 여자 청소년 복싱 협회 잡지 기자는 시저스 실버 레거시 리조트 카지노에 모여 즐겁게 시간을 보낸다. 소녀 복서들이 자는 동안, 도터스 오브 아메리카컵을 운영하는 어른들은 술을 마신다. 코치들은 마치 죽은 말을 쪼아 대는 독수리처럼 오늘의 승패를 해부한다. 오늘 자기 선수가 졌다면, 그건 그 선수의 실패다. 코치가 하는 말을 안 듣고, 체력이 부족해서 졌다는 것이다. 자기 선수가 이겼다면 그건 코치 본인 덕분이고. 승리한 선수들의 코치는 선수의 영광을 마치 남의 고급 디너 재킷을 걸치듯 자연스럽게 빌린다. 패배한 선수의 코치들은 자기 아내이자 애들 엄마를 탓한다. 그리고 아무도 내 말을 듣지 않는다는 이야기만 끊임없이 늘어놓는다. 밥은 자신의 체육관에서 대회를 열었음에도, 정작 이번 대회에 자기 선수는 내보내지 않았다. 그래서 호스트 역할에 집중한다. 샷 잔들이 쟁반에 실려 온다. 밥은 이번 경기로 큰돈을 벌어서 기분이 좋다. 케이트 헤퍼의 코치는 여자 청소년 복싱 협회 잡지 기자의 비위를 맞추려 애쓴다. 기자가 혹시 본부에 영향력을 미칠 수 있다면 몇 년 뒤에는 시애틀에 있는 자기 체육관에서 도터스 오브 아메리카컵을 열 수 있을지 모르니까. 리노의 지역 신문사 기자는 술자리에 초대받았지만 사양했다. 코치들은 늦게까지 남아 물을 마시듯 술을 마신다. 케이트 헤퍼의 코치는 술이 들어갈수록 목소리가 점점 커진다. 취한 그는 웃으며 다른 코치들의 등을 손바닥으로 철썩철썩 내리친다. 그 소리는 꽤 컸지만, 카지노의 소음에 묻혀 들리지 않는다. 슬롯머신에서 띵 소리가 끊임없이 나온다.

★ ★ ★

    시저스 실버 레거시 안에서는 아무도 해가 뜨는 순간을 보지 못한다. 소녀 복서들의 부모들은 대부분 자고 있다. 레이철 도리코와 할머니는 도터스 오브 아메리카컵 측에서 추천한 모텔에서 퀸 사이즈 침대 하나를 같이 쓰고 있다. 레이철 도리코의 할머니는 깨어 있다. 그는 스티로폼 타일로 된 천장을 바라보다가 일어나 앉아 카펫이 깔린 바닥을 물끄러미 바라본다. 모텔 블라인드를 통과한 햇살이 뜨겁고 눈부시게 방 안을 채운다. 밤이 물러나는 마지막 순간 발코니로 나간 할머니는 태양과 달을 동시에 본다. 멀리 있는 리노 시내와 시저스 실버 레거시 리조트와 카지노가 시야에 들어온다. 시저스의 하얀 돔은 불모의 도자기 행성처럼 보인다. 레이철 도리코의 할머니는 미래에는 사람들이 다른 행성에서도 살게 되지 않을까 궁금해한다. 그렇게 말도 안 되는 소리는 아닐 것이다. 사막 한복판에 도시를 짓는 것도 불가능해 보이는데, 그는 여자 청소년 복싱 대회를 보기 위해 손녀와 같이 와서 도무지 사람이 살 수 없을 것 같은 이곳에서 자고 있으니까.

★ ★ ★

자는 레이철을 바라보며 레이철 도리코의 할머니는 레이철의 엄마를 낳던 날을 떠올린다. 진통은 짧았다. 레이철의 엄마도, 레이철도 별 극적인 사건 없이 세상에 나왔다. 레이철이 그래서 그렇게 극적인 걸 좋아하나 보다고 할머니는 생각한다. 인제 와서 만회하려는 걸지도 모르지. 괴상한 모자도 그래서 쓰는 거 같고. 만약 다른 행성에 외계인이 있다 쳐도 소녀 복서들보다 이상하긴 힘들 것이다. 레이철의 대니얼 분 스타일 너구리 모자는 침대 오른쪽 협탁 위에 놓여 있다. 레이철은 특대형 파드리스(미국 프로 야구 팀인 샌디에이고 파드리스 팀) 유니폼 윗도리를 머리까지 뒤집어쓴 채 자고 있다. 레이철의 할머니는 다시 잠자리로 돌아가기 전에, 도터스 오브 아메리카 컵 안내 책자에서 대진표를 들여다본다. 빠르게 변해 가는 새벽 햇살 속에서, 대진표는 마치 아기방에 달린 모빌처럼 보인다. 대진표의 갈래들이 천천히 돌면서, 흔들리고, 뒤섞인다.

7월 15일 대진표

- 아르테미스 빅터
- 앤디 테일러
  - → 아르테미스 빅터
- 케이트 헤퍼
- 레이철 도리코
  - → 레이철 도리코

★★★

- 이기 랭
- 이지 랭
  - → 이기 랭
- 로즈 뮬러
- 타냐 모
  - → 로즈 뮬러

★★★

아르테미스 박덕 vs. 레이첼 도리고

소녀 복서들이 묵고 있는 모텔의 콘티넨털 조식은 삶은 달걀의 묘지다. 로비에 놓인 보라색 라미네이트 조리대 위에 조식이 차려져 있다. 묽게 탄 커피와 미니 시리얼 상자들과 너무 하얘서 플라스틱처럼 보이는 식빵. 사과도 있지만 모래 맛이 난다. 스티커가 붙은 껍질이 아주 빨간 사과는 마치 백설 공주가 먹다 쓰러진 사과처럼 보인다. 남아 있는 소녀 복서들은 어젯밤 일찍 잠자리에 들어 죽을 날보다 태어난 날이 더 가까운 이들답게 푹 잤다. 이들은 조식 테이블에서 개별 포장 튜브에 들어 있는 미니 땅콩버터와 껍질째 나온 삶은 달걀만 먹는다. 레이철 도리코는 숟가락 크기의 땅콩버터 다섯 개와 삶은 달걀 네 개를 집는다. 달걀은 투명 플라스틱 반구형 워머 안에 습기가 밴 채로 들어 있다. 레이철은 손으로 워머의 둥근 문을 밀어 올린다. 접시를 준비하면서 레이철 도리코는 달걀 껍데기를 조심스럽게 하나씩 까고, 땅콩버터 튜브 뚜껑을 모두 열어 일렬로 늘어놓는다. 레이철 앞에 세 개의 더미가 쌓인다. 껍데기 더미, 땅콩버터 포장지 더미, 그리고 껍데기를 벗겨서 먹을 준비가 된 삶은 달걀 더미. 그는 흰자부터 먹고, 그다음으로 무르고 퍼석한 노른자를 먹는다. 마지막으로 생땅콩버터를 하나씩 떠먹는다. 레이철 도리코는 땅콩버터를 손으로 먹는다. 손가락을 작은 통에 집어넣었다가 그 손가락을 입에 넣는다. 손가락을 하나씩 깨끗이 핥아 가며 주위를 둘러본다. 아르테미스 빅터가 자기를 보고 있었으면 좋겠다고 생각한다. 그리고 아르테미스 빅터가 자기를 짐승 같다고 생각하고 겁을 집어먹었으면 좋겠다고 생각한다. 로비 옆에 붙은 작은 조식 공간에서 레이철은 아주 천천히 아침을 먹는다. 경기가 열리기 전 아침 내내 레이철 도리코는 대니얼 분 스타일의 이상한 모자를 벗지 않는다. 모자는 오래됐고, 좀이 슬었고, 가끔 털도 빠진다. 레이철이 아침에 먹은 걸 소화시키려고 모텔의 외부 계단을 오르내리고, 주차장 안을 빙빙 돌 때 모자의 털이 여기저기 떨어진다. 너구리 털 조각들이 그를 따라 할머니의 차 안으로, 밥의 복싱의 전당 안까지 온다. 체육관에 도착한 레이철 도리코는 이상한 모자와 농구 반바지를 벗고, 헤드기어와 스포츠 브라, 똑딱이 단추로 한 번에 벗을 수 있는 인조 실크 반바지로 갈아입는다. 손에는 마우스피스를 쥐고 있다. 아르테미스 빅터는 이미 체육관 구석에 앉아 부모와 이야기를 나누고 있다. 그는 레이철 도리코의 이상한 모자를 보지 못했는데, 레이철 도리코는 그것 때문에 이번 시합이 불길하게 느껴진다. 레이철 도리코가 아르테미스 빅터를 상대로 쓸 수 있는 몇 안 되는 무기 중 하나가 바로 그 이상한 모자 철학인데. 아르테미스 빅터는 자기가 이해할 수 없는 모자에 휘둘릴 사람일까? 레이철 도리코가 아르테미스에 대해 아는 건 그가 자기 외모를 엄청 신경 쓴다는 것이다. 아르테미스 빅터의 머리는 매끈하게 펴져 있다. 오늘 시합이 있는 날인데도 아침 일찍 일어나 머리를 매만진 것이다. 정말 멍청한 짓이야. 레이철 도리코는 생각한다. 원래 머리 스타일을 다림질로 납작하게 만들어 버리다니. 하지만 그렇게 머리를 편다는 건 아르테미스가 완벽주의자라는 증거기도 하다. 아르테미스 빅터는 여러모로 세상 사는 요령을 알고 있다. 반면 레이철 도리코는 자신의 이상한 모자 철학 때문에 그런 요령과는 선천적으로 거리가 멀다. 이상한 모자 철학은 등장하는 순간 외모만으로 자신이 괴짜임을 선언한다. 하지만 아르테미스 빅터도 자신이 괴짜라는 점을 언제고 드러낼 수 있다. 시합이 시작되기 직전인 이 순간 레이철 도리코는 아르테미스 빅터를 바라보다 문득 깨닫는다. 아르테미스 빅터는 돌로 만든 절구다. 그는 곧게 펴진 단정한 모습의 자신을 레이철에게 내보였는데, 그 덕에 레이철 도리코는 아르테미스의 머릿속에서 지금 무슨 일이 벌어지고 있는지 전혀 짐작할 수 없다. 아르테미스 빅터는 자신을 갈아 곤죽을 만들 수 있는 깊고 단단한 그릇일지도 모른다. 어쨌든 아르테미스 빅터는 복싱 명가인 빅터 자매들의 계승자다. 레이철 도리코에겐 언니도 동생도 없는데. 종이 울리고 둘은 주먹을 맞댄다. 아르테미스 빅터의 글러브에 납덩이가 들어 있는지 누가 확인했나? 레이철 도리코는 의심한다. 진짜 납덩이가 들어 있으면 어쩌지? 레이철은 또 의심한다. 오늘이 내 인생의 마지막 날이 될 수도 있어. 레이철 도리코는 생각한다. 어쩌면 나는 이 링에서 죽을지도 몰라. 레이철 도리코는 상상한다. 아르테미스 빅터의 납덩이가 든 글러브가 자기 눈을 뚫고 뇌 깊은 곳까지 파고드는 모습을, 그 뇌의 중심이 핏빛 꽃처럼 피어나는 순간을 상상한다. 레이철은 자기 몸이 죽어서 오렌지 향기가 나는 안개로 증발하는 모습을 상상한다. 그는 오른손을 내지르고 이어서 왼손을 날린다. 이 준결승 라운드가 시작되는 순간을 목격한 이는 체육관 안에 거의 없다. 밥과 레이철과 아르테미스의 코치들과 심판들조차 아직 잠이 덜 깨서 아르테미스 빅터가 복싱하는 방식이 뭔가 건전하지 않다는 점을 제대로 파악하지 못한다.

★★★

 아르테미스 빅터는 자신을 돌절구가 아니라 물이 담긴 양동이라고 생각한다. 홍수를 한 번이라도 본 적 있는 사람이라면 물이 얼마나 폭력적일 수 있는지 안다. 하지만 물은 더 작고 좀 더 교활한 방식으로 폭력성을 드러낸다. 파이프에서 미세하게 누수된 부분 하나가 안에서부터 집을 통째로 무너뜨릴 수 있다. 전에 아르테미스 빅터는 겨우내 집을 비운 이웃 대신 집을 봐준 적이 있었다. 그냥 일주일에 한 번씩 이웃집에 들러 화분에 물을 주면 되는 일이었는데, 어느 날 집 전체가 한쪽으로 기운 듯한 느낌을 받았다. 물기를 머금은 창문틀이 부풀고 비틀려서 제자리에서 떨어져 나가고 있었다. 현관문을 열자 벽의 페인트가 벗겨지고 모든 조명 기구에서 물이 뚝뚝 떨어졌다. 1층 천장은 휘어져서 금방이라도 무너질 것 같았다. 사람들은 지옥이 불로 이루어졌다고 말하지만, 아르테미스 빅터에게 지옥은 물처럼 보인다. 아르테미스 빅터는 레이철 도리코와 그 무자비하고 가차 없는 물방울처럼 싸우고 싶다. 세상에 마지막 남은 손으로 쓴 원고조차 지워 버릴 수 있는 물처럼.

★★★

레이철 도리코는 아르테미스 빅터에 비해 체격이 반절도 안 돼 보인다. 두 사람은 같은 체급이지만, 링에서 보면 아르테미스 빅터가 두 배쯤 두꺼워 보인다. 아르테미스 빅터의 몸이 탄탄하고 두툼한 고기라면, 레이철 도리코의 몸은 얇고 납작하게 저민 고기 같다. 레이철의 몸은 눌려서 밀도가 압축되고, 너무 작은 피부 속에 근육을 억지로 욱여넣은 것처럼 보인다. 1, 2라운드에서는 아르테미스 빅터가 마치 엄마가 집안일을 마치고 장난감을 정리하듯 금방 승부를 낸다. 하지만 3라운드가 되자 경기가 종잡을 수 없어지면서 둘의 싸움은 우주로 날아가 버린다. 3라운드에서 레이철 도리코는 다리를 이상하게 움직이기 시작한다. 마치 이제 막 춤을 배우는 사람처럼 양발을 휘감으면서 옆으로 피해 다닌다. 그 기괴한 동작 때문에 아르테미스 빅터의 균형이 무너진다. 그러다 어느새 레이철 도리코가 아르테미스의 어깨 옆까지 들어온다. 아르테미스의 한 발을 내딛고 다른 발을 끌어오는 보수적인 풋워크도 도움이 안 된다. 레이철 도리코가 결국 3라운드를 이긴다. 기묘한 발놀림을 이용해 모험을 감행한 덕분이다. 레이철 도리코의 인생에서 많은 일들이 그렇듯, 이번 모험도 결국 그에게 유리하게 작용할 것이다. 하지만 그런 모험들이 실패로 이어질 때도 있다. 그리고 레이철은 복싱이 아닌 일에서는 그렇게 극적으로 모험을 감행할 배짱을 부리지 못한다. 레이철은 미래에 식료품점 매니저가 된다. 그런 직업에는 이상한 모자 철학이 유리하게 작용할 수 있다. 이상한 모자는 말한다. 내가 선반에 리즈 크래커를 정리 중일 때는 말 걸지 말아요. 이상한 모자는 이런 말도 할 수 있다. 내 시간을 빼앗지 말아요. 하지만 근사하게도 이상한 모자가 꼭 사람들을 위협하거나 겁을 주는 것만은 아니다. 이상한 모자 철학은 결국 필터처럼 세상을 여과하는 방식이다. 세상에는 누가 이상한 모자를 써도 당황하지 않는 사람들이 있다. 식료품점 직원들이 대체로 그런 사람들이다. 산전수전 다 겪어 봤기 때문이다. 식료품점 직원들에게 이상한 모자는 묘하게 안도감을 주기도 한다. 적어도 눈앞에 있는 사람의 가장 기이한 면모가 천 한 조각이라는 무해한 형태로 드러났으니까. 적어도, 그건 무기가 아니라 모자니까. 레이철 도리코가 식료품점 매니저가 되었을 즈음에는 본인도 이상한 모자를 일종의 방어 장치로 받아들이게 된다. 좀 이상해 보이는 모자를 쓴 사람은 강도를 당할 확률도 낮다. 사람들은 미친 사람처럼 보이는 사람을 꺼리니까. 레이철 도리코는 아르테미스 빅터를 돌게 하는 게 뭔지 알고 싶다. 그토록 압도적인 존재감과 독보적인 훈련과 근사한 폼과 실력이 있는 사람이라면 분명 어딘가 살짝 돈 구석이 있을 것이다. 아르테미스 빅터가 복싱을 잘하는 건 빅터가의 재능을 물려받아서가 아니라 질투심이 어마어마하게 강하기 때문이다. 아르테미스는 큰언니인 스타 빅터를 이기고 싶을 뿐이다. 스타 빅터는 도터스 오브 아메리카의 전 챔피언이자 빅터가의 유일한 승리자였다. 아르테미스 빅터가 스타를 넘어서려면 이 시합에서 이기고, 또 그다음 시합에서도 이겨야만 한다. 그렇게 계속 앞으로 나아가려면 반드시 레이철 도리코를 이겨야 한다. 하지만 레이철 도리코는 그를 향해 끊임없이 주먹을 날린다. 4라운드는 레이철 도리코의 승리. 점수는 2 대 2 동점이다. 5라운드가 시작되자 아르테미스 빅터는 자기가 물이 든 양동이라는 점을 떠올린다. 그는 강에서 건져 올려진 시체들의 모습을 생각한다. 살해당하고 물에 퉁퉁 불어서 무거워진 나머지 손마저 풍선처럼 부풀어

의료용 장갑처럼 보이는 시체들, 아르테미스가 때려눕혀 물에 잠긴 유물로 만들어 버린 상대 선수들을 생각한다. 아르테미스는 글러브에 납덩이를 넣지 않았지만, 이번 경기에서는 아무도 글러브를 검사하지 않았다. 어쩌면 심판들이 그가 납덩이를 넣기를 바랐는지도 모른다고 아르테미스 빅터는 생각한다. 심판들은 모두 그의 부모와 자매들을 안다. 어쩌면 그가 살인을 저지를 수 있는 사람인지 시험해 보고 싶었을지도 모른다. 그러나 아르테미스 빅터는 그런 종류의 살인에는 관심이 없다. 아르테미스 빅터는 물의 느린 살해 방식에만 관심이 있다. 그는 레이철 도리코를 익사시키고 싶다.

★ ★ ★

5라운드가 시작되자, 다른 소녀 복서들이 체육관으로 들어온다. 이기 랭과 로즈 뮬러는 각자 다른 구석에 서서 시합을 지켜본다. 이기 랭의 눈에 이 경기는 미적 감각에 대한 승부처럼 보인다. 아르테미스 빅터와 레이철 도리코 둘 다 노련하고 훈련도 잘돼 있다. 하지만 아르테미스의 펀치는 완벽주의자의 펀치고, 레이철의 펀치는 스타일리스트의 펀치다. 레이철 도리코의 풋워크는 다른 사람을 따라 한 게 아니라, 자기만의 방식으로 만들어 낸 전략이다. 발을 움직일 때면 레이첼은 느리지만 꾸준히 전진하는 산불처럼 한 발을 다른 발 앞에 내디딘다. 무릎은 앞으로 구부려져 있다. 보통 복서는 무릎이 발목 위에 오도록 자세를 잡지만, 레이첼은 무릎을 발끝으로 더 기울인다. 그래서 바람을 정면으로 맞으며 온몸으로 버티는 사람처럼 보인다. 내가 저 애랑 싸워야 한다면 레이첼 도리코가 앞이 아니라 뒤로 기울게 만들면 돼, 이기 랭은 생각한다. 하지만 지금 레이첼 도리코는 아르테미스 빅터를 향해 전진하면서 상상의 바람에 온몸을 던지듯 더욱 깊숙이 숙인다. 아르테미스는 그 기울어진 각도를 피하려고 왼쪽으로 움직인다. 그런데도 레이첼 도리코는 아르테미스 빅터에게 주먹을 명중시킨다.

케이트 헤퍼와 앤디 테일러는 여기 없지만, 그들의 성공과 실패는 이 경기장을 떠돌고 있다. 두 사람을 꺾은 선수들 안에는 케이트와 앤디의 영혼 일부가 깃들어 있다. 마치 그들이 패배한 후 전쟁 의식에 따라 승자에게 잡아먹힌 것처럼 말이다. 앤디 테일러의 죽은 빨간 트럭 꼬마는 지금 아르테미스 빅터 안에 살아 있고, 레이철 도리코는 케이트 헤퍼의 숫자 세는 방식을 손에 움켜쥔 채 싸운다. 앤디 테일러는 창문을 내린 차를 몰고 탬파를 향해 속도를 내고 있다. 그의 청바지 뒷주머니에는 주유비로 쓸 따끈따끈한 현찰이 들어 있다. 하지만 앤디 테일러는 동시에 아르테미스 빅터의 스윙 한가운데서 고동치고 있다. 아르테미스 빅터가 레이철 도리코를 주먹으로 칠 때는 아르테미스와 앤디가 함께 주먹을 날리는 것과 같다. 아르테미스는 앤디 테일러가 주먹으로 뚫고 나갔던 그 구멍을 기억한다. 그리고 그 구멍을 레이철 도리코 앞에서 콘크리트로 덮어버렸다. 차 안에서 앤디 테일러는 백미러를 보며 뒤쪽에 물이 보이는 듯한 느낌을 계속 받는다. 앤디 테일러는 애리조나, 뉴멕시코, 텍사스의 끝없이 이어지는 사막 도로를 질주한다. 그는 조용히 차를 몬다. 아르테미스 빅터를 이겼다면 좋았겠지만, 마음 깊은 곳에서는 그런 일이 일어나는 세계는 존재하지 않는다는 것을 안다. 적어도 자신이 한때 닿았던 그 몸이, 지금 레이철 도리코를 때리고 있다. 앤디 테일러가 그 생각을 하는 바로 그 순간, 리노에서는 아르테미스의 주먹이 레이철 도리코의 입을 세게 친다.

★★★

그 한 방에 레이철 도리코는 치아가 서늘해지면서 감전된 듯한 충격을 받는다. 그는 아르테미스 빅터를 향해 전진하며 어금니를 꽉 깨문다.

★★★

앤디 테일러는 약사가 된 후 살아 있길 잘했다고 느끼게 해 주는 사람을 만나게 된다. 앤디 테일러의 삶은 조용하지만, 빛나지 않는 건 아니다. 그는 프리웨이라는 이름의 개를 키우게 되는데, 무릎을 꿇고 상체를 세우고 앉아 있는 사람처럼 그 개는 뒷다리로 그렇게 앉을 수 있다. 살아 있길 잘했다고 느끼게 해 준 그 사람은 앤디 테일러와 연인이 된다. 결혼은 하지 않고, 죽을 때도 따로 죽지만, 서로의 나이 든 얼굴이 어떨지 상상하며 많은 시간을 함께 보낸다. 헤어지기 전에 앤디 테일러와 그의 연인은 함께 집을 짓는다. 그것은 기가 막히게 아름다운 적벽돌 건축물이 된다. 어느 뜨거운 여름날, 마흔두 살이 된 앤디 테일러가 커다란 벽돌 하나를 들어 올릴 때 그의 연인은 탱크탑을 입은 앤디의 근육질 어깨를 보며 저 사람이 한때 복서였다는 게 이상할 게 없군, 이라고 생각한다. 복싱을 했던 앤디 테일러의 과거는 연인에게는 비밀이라고 할 수는 없어도 가려져 있는 것처럼 보인다. 사랑하는 사람에게도 자신의 전부를 공유하지 않는 게 좋다고 앤디의 연인은 생각한다. 앤디 테일러가 벽돌을 제자리에 얹을 때 연인은 앤디의 손가락 마디와 핏줄이 곤두선 손등을 바라본다. 한때 아르테미스 빅터를 때렸던 손이다. 앤디 테일러는 케이트 헤퍼와 붙을 기회는 없었지만, 앤디의 손이 아르테미스에 닿았고, 아르테미스의 손이 레이철 도리코에 닿았고, 레이철 도리코가 케이트 헤퍼를 이겼으니, 앤디 테일러의 손과 케이트 헤퍼의 손은 연결된 셈이다. 만약 도터스 오브 아메리카컵의 대진표를 옆으로 눕히고 반시계 방향으로 돌리면 누군가의 가계도처럼 보일 것이다. 그 가계도 속에서 앤디 테일러는 혼인이나 혈연으로 케이트 헤퍼의 자매가 되었을 것이다.

케이트 헤퍼는 부모님을 태우고 시애틀로 돌아가다가 문득 자신이 한때 승자였다는 사실이 신기하다고 생각한다. 레이철 도리코에게는 졌을지 모르지만, 퍼시픽 노스

웨스트 지역 예선에서는 자신이 승자였다. 어쩌면 내게도 미래가 있을지 몰라. 그리고 그 미래에서 나는 다시 승자가 될 수 있지 않을까? 케이트는 생각한다. 결혼식에는 따라야 할 규칙과 이벤트가 정말 많지, 케이트는 생각한다. 결혼식 전날 양가 가족이 모인 저녁 식사 자리, 다음 날 아침 브런치까지 포함하면 결혼식 일정은 복싱 대회의 그것과도 별반 다르지 않다. 아르테미스 빅터가 결혼할 때는 수선 피우지 않고, 예상대로 깔끔하게 진행되면서도 화려한 계획을 짜 줄 나 같은 사람을 고용하고 싶을 거야, 케이트 헤퍼는 생각한다. 케이트 헤퍼의 삶은 앤디 테일러처럼 오팔의 작고 은은한 반짝임이 있는 삶은 아닐 것이다. 케이트의 삶은 모래로 가득 찬 모래시계 같은 삶으로 보일 것이다.

케이트 헤퍼에게는 모래로 이뤄진 삶이 기쁨을 줄 것이다. 모래 한 알은 숫자로 세어서 양을 잴 수 있는 유한한 단위니까.

★★★

아르테미스 빅터는 케이트 헤퍼가 1라운드에서 진 뒤의 모습을 지켜본 적이 있다. 그때 케이트는 땀에 흠뻑 젖은 채 영혼이 탈탈 털린 것처럼 보였다.

★★★

아르테미스 빅터는 언제나, 그리고 앞으로도 자신이 가장 높고 건조한 땅 위에 서 있다고 자부할 것이다.

★★★

천천히 떨어지는 물방울은 믿을 수 없을 정도로 폭력적인 무기지만 효과를 발휘하려면 시간이 필요하다. 나무 바닥에 물이 쏟아지면 그 나무가 휘기 시작하기까지 적어도 하루는 걸린다. 다른 스포츠와 비교해서 복싱 경기는 너무 짧아 천천히 움직이는 무언가가 작동하기엔 시간이 턱없이 부족하다. 이 분짜리 라운드 여덟 번. 라운드 사이의 타임아웃과 휴식 시간을 포함해도 무언가가 일어나기엔 시간이 부족하다. 하지만 라운드마다 무슨 일인가 일어날 것처럼 보인다. 레이철 도리코는 자신이 어떤 특정한 순간을 통과하든 말든, 시간은 그 자체로 빠르거나 느리게 흘러간다고 믿는다. 반면 아르테미스 빅터는 케이트 헤퍼와 마찬가지로 사건들과 시간이 자신을 중심으로 돌아가며, 시간은 자신이 통과하기 위해 존재한다고 믿는다. 시간은 앞으로 흐르고 있으며, 물방울로 상대에게 손상을 입힐 시간이 없음을 알아차리지 못해, 아르테미스 빅터는 이번 라운드와 다음 라운드까지 지게 된다. 6라운드가 끝날 때 레이철 도리코 4 대 아르테미스 빅터 2로 점수가 나온다. 레이철 도리코는 이제 1라운드만 더 이기면 승자가 된다.

레이철 도리코가 코너에서 뛰고 있을 때, 그가 전리품으로 잡아먹은 케이트 헤퍼도 함께 튀어 오른다. 원주율의 숫자들이 오르락내리락한다. 그 소리는 마치 동전 지갑이 흔들리는 소리 같다.

아르테미스 빅터는 앞으로 살아가면서 수많은 전쟁

에서 승자가 될 것이다. 그는 그 무자비한 물방울 전략을 영원히 품고 살아갈 것이다. 봐주던 집이 누수된 파이프 때문에 무너졌을 때 아르테미스 빅터는 걱정하지 않았다. 이 집은 내 집이 아니야, 아르테미스는 생각했다. 그리고 그 피해는 집을 방치한 주인의 잘못이지 자기 잘못이 아니라는 걸 정확히 알았다. 하지만 세상에는 사람들, 레이철 도리코 같은 사람들이 있다. 그들은 그렇게 물로 망가진 집에 들어가면 두려움에 사로잡힌다. 자신이 그 재난에 책임이 있을지도 모른다는 생각 때문에 두려운 것이다. 그런 사람들, 재난을 보기만 해도 눈앞에서 벌어지는 그 폭력적인 사태에 자신을 연루시켜 버리는 사람들이 있다. 그들은 승자가 될 확률은 낮지만, 정서 지능이 훨씬 높으며 다른 사람들은 놓치는 세세한 부분까지 포착할 가능성이 크다. 레이철 도리코는 아르테미스 빅터와 달리 스타일리스트다. 레이철은 완벽하지 않다. 마치 찢어진 청바지처럼, 레이철은 자신의 펀치 속에 일부러 자신의 결점들을 새겨 넣는다. 이 시합은 너무 짧아서 물의 폭력성이 발휘될 시간이 없다. 덕분에 레이철 도리코는 아르테미스 빅터의 머리를 칠 수 있었다. 레이철 도리코가 아르테미스에게 펀치를 연속으로 여섯 번이나 날렸을 때 그 라운드는 끝났다. 삶이라는 전장에서는 분명 아르테미스 빅터가 승자가 될 것이다. 그러나 지금 리노에서 열린 이 준결승전 두 번째 라운드는 레이철 도리코가 장악했다. 벨이 울려 시합이 공식적으로 끝났을 때, 아르테미스 빅터는 붉은 눈의 물웅덩이가 되었다.

레이철 도리코가 당당히 서 있는 가운데, 주심이 그의 글러브 낀 손 하나를 들어 올리고, 그 순간 할머니가 박수 치는 소리가 들린다. 레이철 도리코의 코치와 아르테미스 빅터의 코치는 이미 자리를 떠서 둘이 이야기를 나누고 있다. 아르테미스 빅터는 레이철에게 다가오지 않고, 레이철도 아르테미스에게 다가서지 않는다. 아르테미스가 이런 식으로 지고 싶다면 좋을 대로 하라지, 레이철 도리코는 생각한다. 그의 가슴에 온기가 퍼지는 게 느껴진다. 앞으로 살아가면서 몇 번 느끼지 못할 온기이다. 사랑 같지만, 훨씬 더 선명하고, 더 절박하지 않은 온기다. 그것은 수십 년 후에 그의 아내가 미소를 지으며 이렇게 물을 때 느끼게 될 감정이다. 당신은 왜 그렇게 이상한 모자를 쓰고 항상 그렇게 극적이어야 해? 여기 리노, 지금 이 링 위에서, 레이철 도리코는 마음껏 극적으로 굴 수 있다. 복싱이라는 스포츠가 그걸 요구하니까. 레이철은 글러브에 감긴 테이프를 이로 뜯어 풀면서 자신에게 쏟아지는 다른 소녀 선수들의 뜨거운 시선을 느낀다. 다음 경기에서 이기는 사람은 레이철 도리코와 맞설 준비를 해야 한다.

★★★

아르테미스 빅터는 헌신적인 부모에게 이끌려 링 밖으로 나간다. 눈이 퉁퉁 붓고 엄청난 충격을 받은 아르테미스는 자신의 두 손으로 레이철 도리코를 이기지 못했다는 사실을 믿지 못한다. 그는 거울에 비친 자기 모습을 보면서 복싱 연습을 하느라 수많은 시간을 보냈다. 아르테미스와 그의 자매들이 자란 체육관에는 한쪽 벽 전체가 거울이었다. 그래서 링에서 연습하거나 샌드백을 칠 때면 곁눈질로 거울에 비친 자신의 모습을 볼 수 있었다. 아르테미스는 패배한 자신의 모습이 지금 어떻게 보일지 너무 잘 알아서 견딜 수가 없다. 아르테미스의 부모는 진정하고 다음 경기를 보자고 하지만, 도저히 그럴 수 없다. 대신 아르테미스는 밥의 복싱의 전당의 정문으로 나가서 가족이 타고 온 차에 앉는다. 아르테미스는 조수석에 앉아 햇빛 가리개를 내린다. 거기에 작은 거울이 달려 있다. 그 거울에 번진 눈화장과 부어오른 뺨과 그 너머로 멀리 리노 시내의 스카이라인이 보인다. 리노 번화가의 카지노들처럼, 도터스 오브 아메리카컵도 많은 약속을 지키지 못할 것이다.

이기랭 vs. 로조 불러

로즈 뮬러가 댈러스에서 가장 좋아하는 건물은 파운틴 플레이스다. 이 마천루는 외부에 설치된 172개의 분수에 둘러싸여 있다. 나무를 심어 놓은 원형 구획들이 분수 사이에 군도처럼 흩어져 있다. 밤에 이 분수들은 조명에 맞춰 군무를 춘다. 로즈 뮬러는 여섯 살 때 아버지를 따라 해가 진 뒤 분수들을 보러 갔다. 수중 조명들 덕분에 로즈는 공기가 아닌 다른 뭔가로 숨을 쉴 수 있을지도 모른다는 느낌을 받았다. 한 손으로 아버지의 손을 잡은 채 다른 손으로 물속을 가르던 기억도 있다. 물속에는 낙엽과 동전들과 어떻게 된 일인지 모래도 있었다. 그 모래는 어디서 날아왔을까? 그리고 그 물은 밤에도 어쩌면 그렇게 맑고 파랬을까?

★★★

    분수에 팔을 담갔을 때, 로즈 뮬러는 마치 두 세계 사이에 걸쳐진 기분이 들었다. 손은 우주 포털로 빠졌지만, 웅크린 작은 몸은 여전히 댈러스 도심에 남아 있는 것 같은 기분. 프리즘처럼 빛을 반사하는 유리벽들로 둘러싸인 파운틴 플레이스가 그의 머리 위로 우뚝 솟아 있었다. 나중에 알고 보니 파운틴 플레이스가 처음 지어졌을 때 건축가들은 이곳에 쌍둥이 건물을 세울 계획이었다고 한다. 하지만 유가가 폭락하면서 그 부지는 공터로 남고 말았다. 로즈 뮬러는 어린 시절 내내 그 미완의 쌍둥이 건물이 진짜 쌍둥이로 지어졌을지, 아니면 설계 아이디어는 같지만, 구조를 살짝 바꾸고 방향을 달리 해서 새로 만든 건축학적 형제에 불과했을지 궁금했다. 아버지와 함께 리노로 차를 타고 가기 직전에 로즈는 미사를 드린 후 아버지가 하는 말을 들었다. 요즘 파운틴 플레이스의 쌍둥이 건물 관련 계약들이 발주되고 있다고. 몇십 년이 지나 갑자기 건물을 지을 자금을 찾은 것이다. 아버지와 차를 타고 리노로 가면서 로즈 뮬러는 도터스 오브 아메리카컵의 여러 가능성을 머릿속으로 계산했다. 그러는 내내, 아직 현실에는 존재하지 않는 쌍둥이 파운틴 플레이스가 계속 떠올랐다. 이제 리노의 링 위에서 얼굴이 퉁퉁 부은 채 숙적 이기 랭과 마주 선 로즈 뮬러는 마치 먼 친척을 보는 듯한 기분이 든다. 이기 랭은 입술이 자주색이지만, 둘 다 잘 훈련된 개처럼 온몸이 근육질이다. 팔다리는 날씬하면서 탄탄하다. 팔을 갈라 보면 모든 힘줄이 완벽하게 그려진 해부도처럼 보일 것 같다. 1라운드가 시작되자 이기 랭의 오른 주먹이 로즈 뮬러의 왼쪽 어깨를 힘껏 친다. 이기 랭이 키는 더 크지만, 무릎을 굽혀 몸을 낮추고 있다.

로즈 뮬러가 오른 주먹을 휘두르고는 이어서 왼손 펀치를 날리지만, 이기 랭이 몸을 뒤로 빼며 둘 다 피한다. 체육관 안의 관중들은 로즈 뮬러의 펀치가 공기를 밀어 내는 소리를 듣는다. 그의 주먹이 허공을 가르는 소리가 마치 물살을 가르는 소리 같다.

체육관에 남아 있는 열네 명의 관중에는 여자 청소년 복싱 협회 잡지 기자와 지역 신문 기자, 로즈 뮬러의 아버지, 이지 랭과 이지 랭의 어머니가 포함되어 있다. 타냐 모와 레이철 도리코도 관중석 뒤쪽에 멀찍이 떨어져 앉아 경기를 지켜보고 있다. 타냐 모와 이지 랭은 오늘 경기에 출전하지 않지만, 현재 링 위에 있는 두 선수에게 진 이들의 존재감이 유령처럼 이 시합을 떠돈다. 타냐 모는 자신과 싸운 후 로즈 뮬러의 폼이 눈에 띄게 좋아졌음을 확인한다. 예전엔 주먹을 맞고 나면 몸의 중심이 약간 왼쪽으로 쏠렸는데, 지금은 몸의 중심이 바로 서 있다.

타냐 모와 이지 랭은 둘 다 전날 졌지만, 오늘 이 경기를 지켜보고 있다. 이지 랭은 로즈 뮬러가 마치 건물의 기초를 채우는 시멘트 트럭처럼 복싱을 한다고 생각한다. 이지는 사촌인 이기 랭이 출전 중이라 어쩔 수 없이 남아 있었다. 타냐 모는 앨버커키에서 직접 운전해서 온 터라 언제든 떠날 수 있었다. 타냐 모가 남아 있는 이유는 대회의 결말이 알고 싶어서다. 정말로 궁금했다. 타냐 모는 연극이 끝나기 전에 자리를 뜨는 법이 없는 사람이다.

★★★

1라운드에서 이기 랭과 로즈 뮬러의 몸은 하나로 흐릿하게 뒤엉켰다. 관중들이 보기에 둘은 믿을 수 없을 정도로 닮았다. 이기 랭은 지금도 마주 보고 싸우는 상대가 사촌 언니인 이지 랭이었으면 싶지만, 현실은 로즈 뮬러다.

★★★

이기 랭은 사설탐정이 된다. 자신이 선택한 직업을 처음 말했을 때 부모님은 농담이라고 생각한다. 하지만 이기는 돈도 잘 벌고, 근무 시간도 마음대로 정할 수 있으며, 의뢰인은 대부분 결혼 생활에 불만이 많은 아내들이라고 설명한다. 재미있는 일이야. 할 일이 확실하고 마감도 있는 게 학교 과제 같아. 이기 랭은 이렇게 말한다.

★★★

이기 랭이 뛰어난 사설탐정이 되는 데에는 한 번 보면 절대 잊을 수 없는 얼굴도 한몫한다. 그의 자주색 입술은 마치 사고에서 살아남은 사람처럼 보이게 만든다. 사람들은 그의 기묘한 얼굴을 보면 자기도 모르게 경계심을 풀고 자진해서 비밀을 털어놓는다. 이렇게 타고난 친밀함과 온라인 스토킹 기술이 합쳐져 이기 랭은 시카고에서 이름을 날리는 탐정이 된다. 한때 전설적인 소녀 복서였던 사촌 이지와 이기는 꽤 가까이 살게 되지만, 둘이 얼굴을 보는 일은 주로 매년 7월 4일, 고향인 미시간주 더글러스로 가족을 방문하러 돌아올 때뿐이다.

　로즈 뮬러가 다시 내지른 주먹이 이번엔 적중했다. 이기 랭은 그 펀치에 자기가 맞자 놀란 얼굴이었다. 하지만 레이철 도리코를 비롯해 체육관에 남아 있는 다른 복서들은 로즈 뮬러의 주먹이 가슴을 떠나는 순간부터 명중하리란 걸 바로 알아봤다. 로즈 뮬러는 어떻게든 이기 랭에게 더 가까이 다가가는 데 성공했다. 그 모습은 로즈의 숨결이 이기에게 닿을 듯 가까워 보이기도 하고, 이기에게 무언가 속삭이는 것처럼 보이기도 했다. 둘 다 마우스피스를 끼고 있어 입안 가득 음식을 문 것처럼 볼이 빵빵하다. 실제로 두 사람은 어렸을 때 입속에 음식 넣는 놀이를 하곤 했다. 스모어[12] 크기의 마시멜로를 입속에 얼마나 넣을 수 있는지 겨루는 놀이였다. 스모어를 입속에 가장 많이 넣고도 혀가 꼬이는 단어인 '처비 버니'를 말할 수 있는 사람이 이긴다.

　게임이란 게 다 그렇듯, 처비 버니도 본질적으로 낭비하는 면이 있다. 게임이 끝나면, 참가자들은 입속에 든 걸 모두 뱉어 낸다. 침과 위산에 젖은 끈적한 흰색 마시멜로 더미가 수북이 쌓인다.

　로즈 뮬러가 이기 랭을 또 한 번 후려친다. 로즈의 길게 뻗은 주먹이 마침내 이기에게 닿는 순간 부드러운 푹, 소리가 난다.

12)　구운 마시멜로와 초콜릿을 크래커 두 장 속에 넣어서 먹는 캠핑용 간식.

★★★

마시멜로를 뱉어 내는 순간이 처비 버니 게임에서 가장 재미있는 부분이다. 그렇게 뱉어 낼 때마다 다들 낄낄거린다. 소녀들은 마시멜로가 아니라, 르네상스 시대 프레스코화에 그려진 부드러운 구름을 토해 내는 것처럼 보인다. 이기 랭과 이지 랭은 어렸을 때도, 또 성인이 된 이후에도 매년 7월 4일이면 처비 버니를 함께 할 것이다.

★★★

로즈 뮬러도 댈러스에서 어린 아들과 처비 버니 게임을 할 것이다. 첫 번째 마시멜로는 맨 뒤쪽에 있는 어금니 뒤에 넣어야 해, 로즈는 아들에게 속삭일 것이다. 처비 버니에서 이기려면 침으로 마시멜로를 어느 정도 녹여 놔야 하고.

★★★

싸우는 건 숨는 것의 반대라는 사실이 로즈 뮬러에게는 문제다. 왜 자신은 오케스트라에서 연주하거나 학교 연극의 의상을 담당하는 것처럼 눈에 띄지 않는 활동을 고르지 않았을까? 반드시 타인의 눈에 보여야 하는 복싱의 일면이 로즈 뮬러는 두렵다. 언제든 이기 랭이 자기를 들어 올려 체육관 구석의 코치 사무실에 가둬 버릴 수도 있잖아.

★★★

그런 생각이 들자 로즈는 몸서리를 친다. 그 짧은 전율의 순간 이기 랭이 그를 가격한다. 관중들, 심지어 가장 경험 많은 코치들조차 게임의 승부가 어떻게 날지 감을 잡지 못한다.

★★★

리노 지역 신문에서 대회를 취재하러 온 기자는 이 경기에 푹 빠져 있다. 로즈 뮬러는 묵묵히 그 펀치를 받아 냈다. 마치 지진이 난 산을 지켜보는 것 같았다. 충격이 로즈를 흔든 건 확실하지만, 그 산이 절대 무너지지 않으리라는 것 역시 분명했다. 시합을 지켜보던 로즈 뮬러의 코치는 처음 그를 가르치던 날을 떠올리지만, 그때 가르친 것이 과연 옳았는지 잘 모르겠다는 생각이 든다. 로즈 뮬러는 아마추어처럼 싸우지 않는다.

이지 랭은 사촌 동생 이기 랭이 로즈 뮬러의 얼굴에 제대로 한 방 먹이길 바란다. 하지만 경기가 시작되고 얼마 지나지 않아 마음이 바뀌었다. 이제는 누가 이길 것인지가 관심사다. 어차피 사촌과 같이 차를 타고 돌아가야 하니, 여기 남아서 사촌 동생이 싸우는 모습을 끝까지 지켜볼 핑곗거리가 생겼다.

로즈 뮬러가 지금까지 본 중 대단히 아름다웠던 장면 중 하나는 커튼 뒤에서 피아노로 즉흥 재즈를 연주하던 수녀였다. 아버지가 댈러스의 마이어슨 심포니 센터로 로즈를 데려가 보여 준 공연에서였다. 그 수녀는 세계적으로 유명했다. 수녀가 커튼 뒤에서 연주한 이유는 성당에서 가끔 성인의 얼굴을 천으로 덮는 이유와 같았다. 로즈 뮬러는 밥의 복싱의 전당 천장에 하얀 천들이 걸려 있어서 이 경기를 완전히 감싸 주었으면 좋겠다고 생각했다. 그 하얀 천의 정육면체 안에서 이기 랭과 싸우고 싶었다. 아무도 볼 수 없다면 이기 랭을 때릴 수 있을지도 모른다. 그래서 로즈 뮬러는 자기를 지켜보는 사람이 하나도 없다고 상상한다. 그 상상은 효과가 있어서 로즈 뮬러는 일곱 개의 펀치를 빠르게 날려 1라운드를 따낸다. 이기 랭과 로즈 뮬러는 잠시 서로 떨어져 섰다가 2라운드를 시작하기 위해 천천히 서로에게 돌아온다.

아버지가 로즈에게 복싱을 권한 적은 없었다. 학교를 옮겼을 때 혹시 해 보고 싶은 운동이 있냐고 묻긴 했다. 로즈는 나이에 비해 몸집이 너무 컸다. 어쩌면 운동이 저 아이를 보호해 줄지 몰라, 아버지는 그렇게 생각했다. 하지만 로즈가 시내에서 청소년 복싱 수업 포스터를 보게 되리라곤 예상하지 못했다.

왜 복싱을 하고 싶냐고 아버지가 묻자 로즈는 이렇게

대답했다. 복싱은 항상 규칙이 분명해 보여서요. 거기선 혼란스러운 일이 별로 일어나지 않을 것 같아요. 교회에 있을 땐 그런 일이 너무 많다고 로즈 뮬러는 속으로 생각했다. 자기는 사람들을 볼 수 있고 그들이 하는 생각을 이해할 수 있는 곳에 있는 법을 배워야 한다고 로즈 뮬러는 생각한다.

 이기 랭은 로즈 뮬러를 보지만 그의 마음을 읽을 수는 없다. 대개는 서 있는 자세만 봐도 마음을 읽을 수 있는데, 이기 랭은 속으로 생각한다. 하지만 로즈 뮬러는 외출하기 전에 옷을 여러 번 갈아입어 보는 소녀처럼 자세를 자꾸 바꾼다. 2라운드에서 로즈 뮬러는 네 번, 다섯 번, 그리고 아홉 번의 펀치를 연달아 꽂아 넣는다. 2라운드도 로즈 뮬러의 승리로 돌아간다. 이기 랭은 마우스피스 위로 자주색 입술을 치켜올리며, 혀로 입속 위쪽과 마우스피스 사이를 훑는다. 이지 랭은 이기 랭이 화가 머리끝까지 났다는 걸 알아본다.

★★★

　라운드 사이사이에 이기 랭의 코치가 그에게 뭐라고 말하지만, 이기는 고깃덩이로 날아드는 파리를 쫓듯 코치의 말을 손으로 쳐낸다.

★★★

　3라운드가 시작되자 천창으로 빛이 비스듬하게 들어온다. 체육관의 얇은 양철 벽이 바람에 흔들린다. 그 바람 소리가 이기 랭이 로즈 뮬러를 주먹으로 치는 규칙적이고 부드러운 소리 사이로 중간중간 끼어든다.

★★★

　로즈 뮬러가 어릴 때 집에 있었던 어항 물은 댈러스 도심 분수대의 파란색과 달리 녹색에 훨씬 가까웠다. 로즈가 어항을 갖고 싶어 한 건 분수를 좋아한 이유와 같았고, 미사에 가는 걸 별로 개의치 않았던 이유와도 비슷했다. 로즈는 세상을 살아가는 또 다른 방식이 있지 않을지, 그리고 댈러스 교외 말고 그가 살 수 있는 또 다른 세계가 있지 않을지 알고 싶었다. 그 어항은 아주 진한 녹색으로 신비로웠다. 로즈는 어항 유리에 낀 이끼를 먹게 하려고 작은 메기를 한 마리 샀다. 지금 이곳, 밥의 복싱의 전당에서 로즈 뮬러는 물속에 있는 것 같다. 그나 이기 랭이 물속에서 숨을 쉴 수 있지 않을지 모르겠지만, 지금 그들이 체육관에서 마시는 게 진짜 공기라고 믿기도 어렵다. 어른이 된 지금도 파운틴 플레이스의 분수들은 로즈 뮬러에게 어디론가 떠나는 듯한 감정을 불러일으킨다. 이기 랭을 마주 보고 서 있는 지금 그는 그 분수들이 아무것도 없던 자리에서 갑자기 솟구쳐 오르던 방식을 생각한다. 그 물기둥을 밀어 올리는 힘은 지하 깊은 곳에 숨어 있다. 그는 자기 팔이 통제되어 천천히 떨어지는 물방울이 아니라 하늘로 솟구칠 준비가 된 물을 분출하는 밸브라고 생각한다. 로즈가 그 생각을 하는 순간 이기 랭의 펀치가 그의 눈을 강타한다.

복싱에서는 눈에 한 방을 제대로 맞으면 경기가 끝날 수도 있다. 하지만 마법처럼 로즈 뮬러의 눈은 당황하지 않는다. 멍이 시작되지만, 시야는 손상되지 않았다. 그는 바로 반격한다.

★ ★ ★

　로즈 뮬러의 눈은 단단한 유리로 변하고, 그의 팔은 분수가 된다. 그는 펀치 여덟 개를 연달아 꽂아 넣으며 이번 라운드를 끝낸다. 두 사람이 대화하는데 한 사람만 계속 입을 움직이고, 다른 한 사람은 가끔 한두 마디로 응수하는 장면을 보는 듯하다. 이기 랭은 상대의 눈을 까맣게 멍들게 한 그 펀치를 날리기 위해 목청껏 외쳐야 했다. 하지만 지금 이기 랭의 목소리는 로즈 뮬러의 소방 호스 같은 물줄기에 빠져 허우적거린다. 점수는 3 대 0으로 로즈 뮬러가 앞서고 있다. 아직 이기 랭이 이길 가능성은 남아 있지만, 로즈 뮬러에게 밀려날 가능성이 훨씬 크다. 이기 랭은 아직 어리고, 지금 링 위에 서 있는 사람이 사촌 언니가 아니라 자신이라는 사실에 새삼 충격을 받는다. 아직도 시합에서 이기고 싶은지 잘 모르겠다. 이기 랭은 개가 공 물어 오는 게임을 하고 싶어 하듯, 지금도 시합에서 간절하게 이기고 싶은 마음이 있으면 좋겠다고 생각한다. 이기 랭은 복싱을 사랑하지만, 가족의 사랑과 존중을 얻기 위한 전쟁이 사라진 지금, 복싱이 지루하고 공허하게 느껴진다. 이기 랭은 깨닫는다. 어쩌면 자기가 정말로 싸우고 싶었던 사람은 자기 사촌뿐이었을지도 모른다는 것을.

★★★

로즈 뮬러의 짧은 머리는 너무 젖어서 마치 플라스틱으로 코팅한 것처럼 보인다.

★★★

다음 순간 이기 랭을 바라본 로즈 뮬러는 그가 경쟁자가 아니라는 사실을 깨닫는다. 이기 랭은 여기에 있지만 그의 눈은 공허해 보인다. 이기 랭은 어떤 식으로든 이 경기를 떠난 게 분명했지만 어디로 떠났는지는 알 수 없다. 아마 이기 랭에게도 분수나 어항이나, 미사에서 말하는 그런 다른 세계가 있는지도 모른다고 로즈 뮬러는 생각한다. 어쩌면 이기 랭은 그저 돌아오기 위해 떠났는지도 모른다. 아니면 지금 물속으로 가라앉고 있을지도 모른다. 어쩌면 그의 자주색 입술은 그가 물고기라는 증거일지도 모른다.

★★★

　물고기들은 입술에 자주색 점이 생길 수 있다. 대개 병들었거나 죽어 가고 있다는 증거다. 그 반점을 치료하는 방법은 어항에 항균제를 붓는 것뿐이다. 만약 이기 랭이 물고기라면 그는 지금 물속에서 숨쉬기 힘들어하고 있다. 밥의 복싱의 전당을 가득 채운 공기에는 이기 랭과 맞지 않는 뭔가가 있다.

★★★

　3라운드와 4라운드 사이 로즈 뮬러의 눈은 붓지는 않았지만, 눈 밑에 검붉은 피가 동그랗게 고인다. 그렇게 바로 생긴 멍 덕분에 로즈 뮬러는 참전 용사처럼 보인다. 이기 랭은 자신의 작품인 그 얼굴을 부러워한다. 로즈 뮬러의 멍든 눈은 밀랍을 입힌 듯 반질반질하고 가녀린 보랏빛 들꽃의 꽃잎들이 동그랗게 둘러싼 고리처럼 보인다.

★★★

　로즈 뮬러와 타냐 모가 경기하는 모습을 지켜봤을 때

이기 랭은 로즈 뮬러가 쓰는 주먹의 광포함을 제대로 인식하지 못했다. 그건 아마도 이기 랭이 로즈 뮬러의 자세를 머릿속에 새기는 데 집중했거나 아니면 로즈 뮬러의 얼굴이 정말 다정해 보였기 때문일지도 모르겠다. 로즈 뮬러가 타냐 모를 이겼을 때 그 눈에 분노는 보이지 않았다.

밤이 되어 댈러스 시내에 있는 파운틴 플레이스의 분수들 사이를 걷다 보면 노숙자 한둘을 빼곤 거의 항상 비어 있다. 댈러스처럼 평평하게 교외로 퍼져서 급성장하는 도시에 세워지는 마천루는 은행처럼 정해진 업무 시간에만 살아 있는 것이 현실이다. 그 시간을 벗어나면 빌딩은 텅 비고 고요해진다. 바로 그 문 닫은 시간이 로즈 뮬러가 파운틴 플레이스를 가장 즐겨 찾는 시간이다. 태어나 평생을 살다가 죽게 될 마을이 있는 댈러스에서 로즈 뮬러는 시내 건물들이 다 문을 닫은 바로 그 시간에 홀로 분수대에 가 본다. 그때는 물속에서도 숨을 쉴 수 있을 것 같은 느낌이 든다. 도터스 오브 아메리카컵에 출전한 다른 선수들과 달리 로즈 뮬러는 양서류일지도 모른다. 미사에 있을 때도, 미사 바깥에서도 존재할 수 있다. 로즈 뮬러가 남편과 같이 세울 체육관은 자신이 머무는 물리적 환경의 형태를 변화시킬 수 있는 능력의 증거가 될 것이다. 로즈는 하나의 환경을 다른 것으로 바꾸는 능력이 탁월하다. 어쩌면 밥의 복싱의 전당을 물에 잠길 수 있게 한다면, 내가 승자가 될 수도 있을 거라고 로즈 뮬러는 생각한다.

★★★

4라운드가 시작되자 이기 랭은 초조해한다. 감전된 것처럼 다리가 부들부들 떨린다. 오른팔 속에 새끼 뱀이라도 사는 듯 파란 핏줄 하나가 불룩 솟아오른다.

★★★

로즈 뮬러의 눈을 감싼 검은 멍은 점점 더 짙어진다. 로즈의 검은 눈에서 새로운 힘이 솟아나는 것처럼 보인다. 전쟁에 나갈 때 얼굴에 바르는 물감처럼, 로즈 뮬러의 검은 눈은 관중석에 있는 부모, 다른 소녀 복서, 기자, 코치, 심판 들에게 보여 주고 있다. 이 시합에서 가장 센 주먹을 맞고도 쓰러지지 않았다는 사실을. 이기 랭을 포함해 누구든 로즈 뮬러를 울리려는 사람에게 행운을 빈다.

★ ★ ★

 이기 랭은 왜 이 대회에서 이기고 싶었는지조차 기억이 나지 않는다. 사촌 언니인 이지 랭이 없는 대회는 모든 게 감상적이고 멍청하고 유난스럽게 느껴진다. 게다가 언니는 이기의 준결승전을 보러 오고 싶어 하지도 않았다. 사촌 동생이 가족의 전설이 되는 데 관심이 없다면, 복싱을 하는 사촌 언니가 있는 게 무슨 소용이 있겠는가? 이지 랭은 도터스 오브 아메리카컵이 끝난 뒤 성인 리그에 들어가 복싱을 계속할 수 있다. 하지만 이지가 그렇게 하지 않는다 해도 이기는 별로 슬프지 않을 것 같다. 이기 랭이 진정한 승자가 되려면 사촌 언니 없이 자기만의 복싱 세계를 구축하는 법을 배워야 할 것이다. 온몸을 던져 싸우는 법을 익혀야 할 것이다. 지금 이기 랭에게 남은 건 자주색 입술뿐이다. 로즈 뮬러가 세 번이나 주먹을 날리지만, 이기 랭은 한 번도 반격하지 못한다.

★ ★ ★

 로즈 뮬러는 이기 랭의 체력이 급격하게 떨어지는 걸 보고 놀란다. 이기 랭은 항상 함께 훈련하는 사촌이 있어서 경기를 끝까지 잘 풀어 갈 줄 알았다. 그러나 이제 이기 랭은 끝난 거나 마찬가지다. 로즈 뮬러가 왼쪽으로 펀치를 날리는 척하다가 오른쪽으로 방향을 바꿔서 연달아 세 번의 펀치를 명중시킨다.

다음 두 라운드에서도 로즈 뮬러는 마치 미사의 의식을 이행하는 신도처럼 확신에 찬 모습으로 이기 랭을 난타한다. 한 시합에서 5 대 0으로 지면 완패다. 이기 랭은 천장을 올려다보다 눈을 감는다. 그는 링에서 빠져나와, 마우스피스를 뱉고, 바닥에 주저앉는다. 이기 랭은 자기가 개거나 개의 형상으로 만든 동상이거나 전쟁 영웅을 기리는 동상이었으면 좋겠다고 생각한다. 개와 동상은 사람들과 소통하기 위해 언어를 쓸 필요가 없으니까. 로즈 뮬러가 악수하려고 다가오지만, 이기 랭은 그 손을 잡지 않는다. 여자 청소년 복싱 연합에서는 시합이 끝난 뒤 어떻게 행동해야 하는지에 대한 규칙이 없다.

★★★

로즈 뮬러는 모래사장에서 바다로 경계를 넘어가는 사람처럼 링을 빠져나온다.

★★★

다음 경기를 위한 휴식 시간에 로즈 뮬러는 기도하지 않는다. 무릎을 꿇고 양손을 가슴 앞에 모았을 때는 그런 척하는 것이다. 기도하는 척할 때 로즈 뮬러는 사실 주변을 관찰하고 있다.

★★★

공공장소에서 드리는 기도는 자기 몸에 하얀 시트를 드리우는 것과 같다. 그 자리에 있되 없는 존재로 만드는 것이다. 그렇게 하면 자신을 둘러싼 환경을 좀 더 면밀하게 둘러볼 수 있다.

★★★

　로즈 뮬러는 기도하는 척하며 모자를 만지작거리는 레이철 도리코를 살펴본다. 덥고 너덜너덜해 보이는 털모자를. 레이철 도리코의 등은 강해 보이지만, 등을 세우고 앉은 자세가 어딘가 삐딱하다.

★★★

　결승전은 심사 위원들이 점심을 먹고 돌아온 오후 늦게 시작될 것이다.

★★★

　점심을 먹고 돌아온 로즈 뮬러의 눈가는 검은 기름이 번진 듯 보였다. 그의 눈은 반짝거리고 매끄럽다. 로즈 뮬러가 다니는 교회 신도 중 아무도 이런 모습은 상상하지 못할 것이다. 신의 백성, 스스로 신의 백성이라 칭하는 이들이 로즈 뮬러가 주먹으로 다른 사람을 때리는 것을 용서할 수 있을까?

★★★

이기 랭을 이겼지만, 로즈 뮬러의 생각은 뒤죽박죽 엉켜 있다. 마지막 경기를 앞둔 로즈 뮬러의 기억은 시간순으로 흐르지 않는다.

★★★

로즈는 다음 경기로 넘어가는 걸 도롱뇽이 육지에서 물속으로 느릿하게 걸어 들어가는 것 같다고 상상한다. 헤드기어를 벗었는데도 머리가 물이 가득 찬 양동이에 폭 담긴 것 같은 느낌이다. 체육관 안은 찜통처럼 덥다. 리노 전역이 열기로 펄펄 끓고 있다. 창문 너머로 땅 위에서 피어오르는 아지랑이를 볼 수 있다.

★★★

댈러스의 파운틴 플레이스 쌍둥이 빌딩은 세워지겠지만, 거기에 분수는 없을 것이다.

★ ★ ★

　결승전 시작을 기다리며 로즈 뮬러는 먼지가 체육관에 떠다니며 스팽글처럼 반짝이는 모습을 바라본다. 댈러스 교외처럼 밥의 복싱의 전당은 화려하진 않지만, 실내에 제12회 도터스 오브 아메리카컵이라고 새겨진, 축제 분위기를 풍기는 빨간 현수막이 걸려 있다. 반짝이는 라미네이트지 위에 문구가 찍혀 있다. 심사 위원들이 식사하는 접이식 카드 테이블 위에 우승자에게 수여할 트로피가 놓여 있다. 그 트로피는 금색의 작은 플라스틱 컵이다. 컵은 명패 하나 없이 10×10센티미터 크기의 대리석 받침대 위에 고정되어 있다. 햇빛이 컵에 반사되어 바닥으로 떨어진다. 로즈 뮬러는 결승전을 치르기 위해 다시 링으로 들어가려고 접이식 카드 테이블 옆을 지나치다 도터스 오브 아메리카컵 트로피를 보고 확신한다. 저기에는 절대 물을 담을 수 없다고. 컵의 플라스틱 틀이 맞물렸던 자리에 긴 이음새가 선명하게 보였다.

7월 15일 대진표

- 아르테미스 빅터 ┐
                  ├─ 아르테미스 빅터 ┐
- 앤디 테일러   ┘   │
                                       ├─ 레이철 도리코 ┐
- 케이트 헤퍼   ┐   │   │
                  ├─ 레이철 도리코   ┘   │
- 레이철 도리코 ┘   │
                                                          ├─ (결승)
- 이기 랭   ┐   │
                  ├─ 이기 랭   ┐   │
- 이지 랭   ┘   │   │
                                       ├─ 로즈 뮬러   ┘
- 로즈 뮬러   ┐   │
                  ├─ 로즈 뮬러   ┘
- 타냐 모   ┘

레이첼 드리고

vs.

로즈 올리

도터스 오브 아메리카컵을 취재하는 지역 신문사 기자의 이름은 샘이다. 샘은 《리노 가제트 저널》 소속으로, 평소에는 부고 기사를 관리하고 고등학교 농구 대회 기사를 쓴다. 샘은 기적을 목격하는 회의론자처럼 경외심을 품고 이번 대회의 전 경기를 지켜봤다. 이 대회에 참가한 소녀들은 마치 자객처럼 싸운다. 라운드 사이사이에 그들이 체육관을 걸어 다닐 때면, 체육관에 떠도는 뿌연 공기마저 신을 맞이하듯 그들 앞에서 갈라진다. 외모도, 복싱 스타일도 다르지만, 그들에게서 뭔가 집단적인 에너지가 뿜어져 나온다. 샘은 흰 접의자에 앉아 챔피언 결정전을 기다리며, 이 도터스 오브 아메리카컵은 어쩐지 거꾸로 진행되는 게임 같다고 생각한다. 일반적인 대회라면 경기가 진행될수록 많았던 선수들이 점점 줄어들어 하나의 챔피언이 태어나면서 뭔가 깎여 나간다는 느낌이 드는데 여기 밤의 복싱의 전당에서 벌어지는 대회는 갈수록 무언가가 쌓이는 느낌이다. 지금 링 위에는 레이철 도리코와 로즈 뮬러 둘뿐이지만, 다른 소녀 복서들의 그림자가 자꾸 어른거린다는 생각이 든다. 체육관의 천장 조명들은 하나의 육체에서 여러 개의 그림자를 만들어 낸다. 레이철 도리코와 로즈 뮬러는 키가 크고 튼튼해 보인다. 이들은 세 보이지만, 어제에 이어 오늘 치른 경기에서 생긴 멍과 상처와 피로의 흔적이 고스란히 남아 있다. 1라운드가 시작되고, 레이철 도리코가 로즈 뮬러의 어깨를 치는 순간, 샘은 어렸을 때 여동생과 사촌들과 했던 게임이 기억난다. 시합이 시작되고 로즈와 레이철은 몇 차례 뒤로 물러서서 방어 동작을 취한다. 샘이 떠올린 정어리라는 놀이는 시작하면 한 사람이 숨고 나머지 사람들은 눈을 감았다가 숨어 있는 한 사람을 찾으러 간다. 이 게임은 술래잡기와 비슷하지만 반대로 진행된다. 찾는 사람들은 한 명씩 숨은 사람을 발견하고, 발견하면 다 같이 숨는다. 이 정어리 게임의 끝에는 언제나 최후의 한 명이 게임을 처음 시작했던 무리를 찾아 헤맨다. 원칙적으로는 그 무리를 찾는 마지막 사람이 패자지만, 마지막 사람이 무리를 찾으면 모두 큰 소리로 환호

한다. 레이철 도리코와 로즈 뮬러는 둘 다 서로의 얼굴을 가격하기 위해 빈틈을 찾아 무자비하게 움직인다. 로즈 뮬러가 레이철의 옆구리에 왼쪽 점프 훅을 꽂는다. 순간 땀방울이 허공으로 튀어 올라 다이아몬드처럼 반짝인다. 아르테미스 빅터가 경기할 때는 물방울이 천천히 떨어지듯 작지만 신중하게 숙고하는 기운이 느껴진다. 대회 취재를 준비하기 위해 여자 청소년 복싱 협회에서 발간한 잡지를 읽다가 샘은 아르테미스 빅터가 캘리포니아 레딩 출신이라는 사실을 알았다. 그곳은 샘의 기억으로 석회암 동굴들이 여기저기 흩어져 있는 지역인 섀스타 근처다. 아르테미스 빅터의 고향 근처 석회암 동굴에는 천장에서 길게 내려온, 어떤 건 거의 18미터에 달하는 고드름처럼 생긴 뾰족한 석순과 땅에서 솟아오른 종유석들이 섞여 있다. 샘은 자연에서 보내는 휴가를 즐기던 차에 그곳을 방문해 레딩에서 동굴 투어를 했다. 서로를 향해 뻗어가는 석회암 기둥들은, 마치 바위끼리 키스하려는 것처럼 보였다. 아르테미스 빅터가 저런 동굴들이 있는 지역 출신이라는 사실을 샘은 어쩐지 납득할 수 있을 것 같았다. 그 동굴들은 마치 외계에 있는 듯한 착각을 불러일으키는 곳이었으니까. 아르테미스 빅터가 앤디 테일러와 싸울 때, 샘은 마치 외계 생명체 둘이 싸우는 걸 지켜보는 기분이었다. 지금 챔피언 결정전에서 레이철 도리코는 침을 흘리고 있다. 레이철 도리코와 로즈 뮬러는 서로를 경계하며 링 위를 천천히 맴돈다. 둘 다 서로의 주먹을 피하는 동작이 너무도 빨라서, 이 경기에서는 득점으로 이어지는 명확한 타격이 거의 없다. 레이철 도리코가 시애틀에서 온 케이트 헤퍼를 때릴 때는 유효타가 쏟아졌는데. 이기 랭과 이지 랭이 맞붙었을 때는 득점이 좀 더 고르게 분포됐지만, 로즈 뮬러가 타냐 모를 쓰러뜨리고 다시 이기 랭을 이겼을 땐 거대한 바위에 자동차가 으스러지는 모습을 보는 것 같았다. 하지만 지금, 챔피언 결정전에 나온 레이철 도리코와 로즈 뮬러는 바위에 깔린 사람이 아니라 오히려 그 바위처럼 보인다. 두 사람은 조각상 같다. 둘 다 헤드기어를 쓰고, 마우스피스를 물고, 테이프를 감은 글러브를 끼고, 끈으로 묶은 복싱화를 신은 채 링에 선 모습이 왕실의 의식을 위한 복장을 갖춰 입은 듯하다. 레이철 도리코의 폼은 어딘가 기묘해서 창의성이 부족하고 숙련도가 떨어지는 선수라면 그걸 보고 당황할 수도 있다. 하지만 로즈 뮬러는 놀라울 정도로 노련한 복서다. 오전에 로즈 뮬러는 이기 랭을 상대로 만점 받을 게 분명한 리포트를 제출하는 학생처럼 확실하게 승부를 냈다. 샘은 그 장면을 사진으로 포착한다. 그 사진 속에서 레이철 도리코와 로즈 뮬러는 서로 떨어져 서서 주먹을 들고 상체를 무릎 앞으로 기울이고 있다. 이 라운드는 아슬아슬하게 레이철 도리코에게 돌아가지만, 다음 라운드는 로즈 뮬러가 가져간다. 그렇게 두 사람이 논쟁을 주고받듯 승부를 주고받는다. 그 논쟁의 세부적인 면은 지극히 우아하다. 마치 한 폭의 캔버스에 두 명의 화가가 번갈아 붓질하듯 두 선수는 승부를 주고받는다. 레이철 도리코의 복싱은 인상파 화가처럼 붓놀림이 빠른 한편, 로즈 뮬러의 복싱은 극사실주의처럼 붓 터치가 세밀하다. 점수가 4 대 4에 이르자, 심판들은 연장전을 치러야 한다고 발표한다. 연장전이 시작되자마자, 두 선수는 놀랄 만큼 정확하게 상대의 주먹을 피한다. 로즈 뮬러와 레이철 도리코는 자기 몸이 방금까지 있던 공간을 비우는 식으로 상대의 공격을 피해 다닌다. 그러다 로즈 뮬러가 한 방을 적중시킨다. 그 순간 로즈 뮬러는 공중에 떠 있다. 두 발 모두 바닥 위로 올라왔다. 그리고 발이 다시 바닥을 닫기 직전에 또 한 번의 펀치를 날려 이번 라운드를 끝낸다. 이 두 번째 펀치가 로즈가 지면에 부드럽게 착지하기 직전 느끼는 마지막 감각이 된다. 로즈 뮬러의 폐는 격렬하게 수축과 팽창을 반복하고 있다. 마치 그의 몸이 빠르게 부풀었다가 오므라드는 것처럼 보인다. 그렇게 숨을 들이마셨다 내쉬는 와중에 로즈 뮬러의 글러브 낀 손이 머리 위로 높이 올려진다. 로즈가 바닥으로 마우스피스를 뱉는다. 마우스피스 없는 얼굴로 로즈 뮬러가 미소 짓는다. 로즈 뮬러는 한때 미국에서 가장 뛰어난 여자 청소년 복서였다. 샘은 《리노 가제트 저널》 기사에 이렇게 썼다. 오늘, 로즈 뮬러는 승리하는 꿈을 꿀 필요가 없다.

신문 기사 스크랩

 레이철 도리코의 할머니는 샘의 기사가 실린《리노 가제트 저널》을 우편으로 주문해 받을 것이다. 할머니는 그 기사를 오려서 레이철에게 선물로 줄 것이다. 레이철은 그것을 침대 밑 폴더에 보관할 것이다. 레이철이 쉰두 살이 되었을 때, 그의 딸이 우연히 그 스크랩을 발견할 것이다. 레이철의 딸은 물을 것이다. 사진에 나온 다른 여자애는 누구야? 레이철 도리코는 대답할 것이다. 로즈 뮬러야. 저 사진이 찍힌 날 로즈 뮬러는 전국에 있는 소녀 복서 중 최고였어. 그와 시합하는 건 텔레파시 능력자와 싸우는 느낌이었지. 로즈는 내 주먹이 닿기도 전에, 내가 어디를 노릴지 알고 있었거든. 몸이 어찌나 근육질이던지 마치 단단한 플라스틱으로 만들어진 것 같았어. 그 몸을 주먹으로 칠 때면 전기가 통하는 뭔가를 치는 느낌이었지. 로즈는 짧은 머리에 얼굴은 동그란 게 부드러운 인상이었어. 결승전에서 승리한 후 로즈가 나를 찬찬히 바라봤지. 그 시절 나는 너구리 꼬리가 달린 모자를 즐겨 쓰고 다녔단다. 지금 다시 만나면 로즈는 과연 나를 알아볼까.

여자들은 태어날 때 평생 만들 난자를 모두 가지고 태어난다. 아주 작은 미래의 전사들이 갓난 여자아이들의 몸속 둥지에 깃들어 있는 것이다. 남자는 막다른 골목과 같지만, 여자는 과거로도 미래로도 무한히 열려 있다. 마주 보는 두 거울에 비친 자신의 모습을 보는 것처럼, 최초의 여자 운동선수가 어디서 시작됐고 어디서 끝날지는 아무도 모른다. 도터스 오브 아메리카컵 역시 영원히 지속되지는 않을 것이다. 여자 청소년 복싱 협회 또한 앞서 존재했던 수많은 협회처럼 사라졌다가 새로운 얼굴로 부활할 것이다.

★★★

　서기 393년, 올림픽은 너무 이교도적이라는 이유로 폐지되었다.

★★★

　로즈 뮬러는 자궁을 천국이라고 상상했다. 한 의사가 그에게 제왕 절개 수술을 피로 가득 찬 웅덩이에서 아기를 낚아 올리는 것에 비유했다. 칠십 대에 댈러스의 한 병원에서 남편과 아들이 지켜보는 가운데 숨을 거둘 때, 로즈 뮬러는 자기 몸이 붉고 끈적끈적한 웅덩이에 누워 그 끈적한 액체에 서서히 잠기는 모습을 상상할 것이다.

★★★

　그가 깊이 가라앉을수록, 그 붉은 액체도 점점 진해질 것이고, 마침내 사방이 붉은 걸 느끼고 눈을 깜빡일 때마다 온통 붉은빛만 눈에 들어온다.

★★★

앞으로 갔다 뒤로 가기를 반복하는 복싱 시합처럼, 여자 복서들이 등장했다가 사라지는 시간의 흐름도 일직선으로 흐르지 않는다. 로즈 뮬러는 다른 여자 복서로 바로 환생하지 않는다. 그보다는, 여자아이 하나하나가 복서로 활성화될 잠재력을 가지고 태어나는 것이다. 아르테미스 빅터, 앤디 테일러, 이기 랭, 이지 랭, 레이철 도리코, 케이트 헤퍼, 타냐 모 모두 성인이 되어 도터스 오브 아메리카컵에서 은퇴하면, 그 자리는 금방 새로운 선수들로 채워질 것이다. 수십 년 동안 소녀 선수들이 밥의 복싱의 전당에서 싸울 것이다. 몇백 명의 소녀들이 셀 수 없이 많은 펀치를 날릴 것이다. 세월은 겹겹이 접혀 결국 제자리로 돌아올 것이다. 전국 각지에서 소녀들이 도전하기 위해 모여들 것이다. 시합 전마다 매번 심판들은 소녀들의 글러브 안을 들여다보며 납덩이가 숨겨져 있지 않은지 확인할 것이다. 언젠가는 복싱이라는 스포츠 자체가 전쟁과 가뭄 때문에 여가 스포츠로 즐기기 힘들어져 결국 쇠퇴할 것이다. 밥의 복싱의 전당과 리노 전체가 버려질 것이다. 밥의 양철 벽은 무너지고, 새로운 국가들이 세워지고, 인류는 다른 여러 행성에 살게 될 것이다. 그 새로운 행성 중 하나에서 한 소녀가 고대 로마의 건국 이야기를 읽는다. 그 이야기는 쌍둥이 형제인 로물루스와 레무스가 갓난아기였을 때 바구니에 실려 강물에 떠내려가다가 암늑대에게 발견돼 암늑대의 젖을 먹고 살아남았다고 전한다. 새로운 행성에서 그 소녀는 자기가 혹시 동물은 아닐지 궁금해한다. 그 암늑대가 왜 소년들을 구했는지도 의아하다. 자기가 그렇게 애써서 살려 냈는데도 로물루스가 탐욕 때문에 형제를 죽이고 말았잖은가. 어쩌면 그 암늑대는 그저 함께 뒹굴고 놀 친구가 필요했는지도 모른다. 내 손은 동물의 발과 어떻게 닮았고, 또 어떻게 다를까? 어쩌면 이 행성 어딘가에 나와 손뼉 놀이를 함께 할 소녀가 있을까? 그 소녀는 손뼉 놀이를 함께 할 여자 친구를 찾을 것이다. 두 소녀는 손뼉 놀이 노래 가사의 진위를 두고 말씨름을 할 것이다. 한 소녀가 다른 소녀를 때리고, 두 소녀는 손으로 싸울 것이다. 두 소녀는 맹금처럼 서로의 주위를 맴돌 것이다. 한 소녀는 쭈그려 앉아 손을 내밀고, 이를 드러낸다. 소녀의 잇몸은 붉고, 하얀 치열은 고르지 않다. 길고 굵게 땋아 내린 머리채 하나가 소녀의 등에 드리워져 있다. 하늘엔 여섯 개의 희미한 보랏빛 달이 떠 있다. 소녀가 앞으로 몸을 던져 상대를 붙잡으려 하다가 놓치고, 다시 자세를 바로잡은 후, 두 소녀가 서로를 노려본다.

1판 1쇄 찍음	2025년 9월 19일
1판 1쇄 펴냄	2025년 9월 26일
지은이	리타 불윙클
옮긴이	박산호
발행인	박근섭, 박상준
펴낸곳	(주)민음사
출판등록	1966. 5. 19. (제 16-490호)
	서울특별시 강남구 도산대로1길 62(신사동)
	강남출판문화센터 5층(우편번호 06027)
대표전화	02-515-2000 팩시밀리 02-515-2007
	www.minumsa.com

한국어 판 ⓒ (주)민음사, 2025. Printed in Seoul, Korea

ISBN   978-89-374-4616-0 03840

* 잘못 만들어진 책은 구입처에서 교환해 드립니다.